Martin Leuenberger

Kopfsalat

Eine einfühlsame und tiefgründige Erzählung über Lena, eine Frau, die sich im Chaos des Lebens wiederfindet und sich mit ihrem alten Notizbuch auf eine transformative Reise begibt, um Klarheit, Gelassenheit und Selbstverwirklichung zu finden.

Inmitten von Überforderung, beruflichem Stress und familiären Verpflichtungen begibt sich die Hauptfigur auf einen Weg der Selbstreflexion und Achtsamkeit, um ihren „Kopfsalat" zu ordnen und eine Balance zwischen Verantwortung und Leichtigkeit zu entdecken.

AF282430

Verlag: BoD · Books on Demand GmbH, In de Tarpen 42, 22848 Norderstedt, bod@bod.de
Druck: Libri Plureos GmbH, Friedensallee 273, 22763 Hamburg
ISBN: 978-3-7693-2735-9

Inhalt

Kapitel 1: Vergessene Worte

Lena riss die Augen auf, als der Wecker zum dritten Mal klingelte. Der Raum war noch im Halbdunkel, und die ersten Sonnenstrahlen, die zaghaft durchs Fenster brachen, schienen fast wie ein ferner Traum. Ihr Kopf war leer, doch ihr Herz schien zu rennen. Es war nicht nur der Stress des Morgens – es war diese leise Frage, die sich immer wieder durch ihren Geist schlich: «Warum fühlt sich das Leben an wie eine Endlosschleife?». Der Geruch von kaltem Kaffee, Überbleibsel vom letzten hektischen Abend, mischte sich mit der kühlen Morgenluft.

«Mist», murmelte sie, als sie die Zeit auf dem Handy sah. Die Kinder! Ihr Herz zog sich zusammen. Wenn sie sich jetzt nicht endlich bewegte, würde der ganze Morgen wie immer im Chaos enden. Mit einem Ruck sprang sie aus dem Bett, griff nach ihrer Brille und stolperte auf halbem Weg in den Flur, die Füße nackt auf dem kalten Boden. Die Wärme des Bettes schien schon unerreichbar.

«Mama, mein Pausenbrot ist alle!», rief Paul aus dem Kinderzimmer.

Lena seufzte tief und öffnete die Badezimmertür. Der Kaffeekocher summte beruhigend, während sie sich hastig frisch machte. Die Welt drehte sich im gleichen, eintönigen Rhythmus wie immer. Der Alltag, der sie in eine nie endende Schleife zog, und sie hatte nicht einmal das Gefühl, ihn zu hinterfragen. Sie nahm es einfach hin.

«Schau in den Kühlschrank, da müsste noch was sein», rief sie Paul, während sie sich mit einem Handtuch abtrocknete.

«Aber da ist nur noch so ein altes Brot...»

«Das ist dein Pausenbrot! Hol dir den Frischkäse und mach es wenigstens ein bisschen besser.» Lena versuchte, sich nicht von ihrer aufkommenden Ungeduld überwältigen zu lassen. Ihre Finger verbanden die Haare zu einem schnellen Knoten, als sie nach ihrer Tasche griff. Der Blick auf das Chaos im Flur – die Socken, die Emma irgendwo verloren hatte, das halbe Müsli, das Paul noch in der Hand hielt, ließ ihr den Magen verkrampfen. «Mama, ich hab' meine Socken nicht gefunden!»

«Schau doch einfach!» Es war wie immer. Die Hektik, die Fragen, die keine Antworten brauchten, die ständigen Aufforderungen. Sie half Emma beim Zubinden der Jacke, schickte Paul zur Tür und irgendwie schafften sie es wieder, in den Wagen zu steigen. Doch innerlich fragte sich Lena, wie lange sie diesen Kreislauf noch weiterdrehen konnte.

Die Fahrt zur Schule war wie ein schwummeriger, endloser Tunnel. Der Blick in den Rückspiegel zeigte neben sich jagenden Frontlichtern die Abwesenheit von Zeit. Der morgendliche Sturm der Kinder, ihre Gesichter ein Bild aus Müdigkeit und Eile. «Mach dir keinen Kopf», dachte sie, während sie sich versuchte zu beruhigen. «Alles wird gut, du machst das schon.» Doch eine leise Stimme in ihrem Inneren flüsterte: «Ist das alles?»

Nachdem sie die Kinder zur Schule gebracht hatte, fuhr Lena zum Park-and-Ride. Wie immer dauerte es eine halbe Ewigkeit, einen Parkplatz zu finden. Doch als sie dann zum Bahnsteig lief und den Zug doch noch einfing, spürte sie plötzlich die Leere, die sie schon lange begleitete. Der Moment der Stille, als der Zug sich in

Bewegung setzte, ließ den Lärm der Stadt verblassen. Sie starrte aus dem Fenster auf die graue Stadt, die Straßen, die Gebäude und die Pendler, die sich wie Schattengestalten durch die Morgenspitze bewegten.

Sie sah ihr eigenes Spiegelbild im Zugfenster, ein flimmerndes Bild aus zerzausten Haaren und müden Augen. Ein flaues Gefühl kroch in ihren Magen, dieser unterschwellige Druck, der sie nicht losließ. Ein Gedanke, der sie seit Tagen quälte: «Ist das alles? Gibt es da nicht mehr?»

Ein Bild einer jungen Frau mit einem Notizbuch, die sie flüchtig am Bahnsteig wahrnahm, schlich sich in ihre Gedanken. «Früher hatte ich auch so ein Notizbuch», dachte sie. «Wo ist es bloß hin?» Der Gedanke verwischte wie ein unklarer Traum, und der Zug fuhr weiter. Doch die Frage blieb, tief und unerbittlich.

Im Büro angekommen, stürzte sie sich sofort in die Arbeit. Ihr Schreibtisch war ein einziger Berg von Papieren, der Drucker kämpfte wie immer gegen die Tintenpatrone und der Kaffee schmeckte, als wäre er in den letzten Stunden vergessen worden. Doch während sie die neuesten Lokalnachrichten verfasste spürte sie, wie der Tag sie langsam zermürbte. Der Redaktionsleiter verlangte ständige Updates, eine Kollegin reichte Kuchen herum – niemand mochte die Tradition, aber alle machten mit. Lena griff in die Tüte, aß ein Stück, das sie kaum schmeckte, und stürzte sich wieder in ihre Arbeit. Aber immer wieder schlichen sich die gleichen Bilder in ihren Kopf. «Was ist der Sinn von all dem?» Die Worte auf dem Bildschirm verschwammen, und sie fühlte sich wie eine Schauspielerin, die nicht wusste, welche Rolle sie eigentlich spielte. Eine Schauspielrolle im eigenen Leben!

Der Nachmittag zog sich, der Tag hatte keinen klaren Beginn und kein Ende. Als sie den letzten Artikel abschickte, war es bereits spät. Auf dem Heimweg fühlte sich alles wie ein leiser Nebel an. Die Straßenlampen warfen flimmernde Schatten, der Wind trieb die Blätter vor sich her. Sie starrte auf ihre Tasche, die überladen war mit Papieren und einer Kaffeetasse. Der Gedanke, einfach den Kopf in den Nacken zu legen, um sich zu entspannen, schlich sich durch ihren Kopf. Doch die Leere blieb.

«Ich brauche mehr als das», flüsterte sie, fast ohne es zu merken. «Ich will etwas finden, das mich erfüllt.» Die Stille, die sie umgab, war erdrückend. Sie schloss die Augen und versuchte sich vorzustellen, wie es wäre, einfach für einen Moment alles hinter sich zu lassen. Doch der Gedanke verflog, als sie an die Kinder dachte, die sie brauchten.

Zu Hause angekommen, war der gewohnte Trott nicht weit. Die Kinder wollten etwas essen, die Wäsche lag auf dem Sofa, die Spülmaschine musste noch ausgeräumt werden. Aber in diesem Moment drängte sich die Frage wieder auf: «Warum fühlte sie sich so leer, obwohl sie alles hatte?»

Lena spürte die Müdigkeit in jeder Faser ihres Körpers, doch als sie ins Kinderzimmer trat, wich die Erschöpfung einem Gefühl tiefer Ruhe. Es war das abendliche Ritual, das sie mit ihren Kindern teilte, das einzige Konstante in einem sonst so hektischen Tag. Paul lag bereits im Bett, seine kleinen Hände umklammerten fest das

Lieblingsstofftier, während Emma noch versuchte, die Decke ordentlich über sich zu ziehen.

Lena setzte sich ans Bett und strich Emma sanft eine Haarsträhne aus dem Gesicht. «Und? Wovon wirst du heute träumen?», fragte sie lächelnd, während Emmas Augen langsam zufielen. «Mama, von einem riesigen Apfelbaum, der bis in den Himmel reicht», murmelte Emma schläfrig. Paul, der immer noch wach war, schob sich näher an seine Mutter und legte den Kopf auf ihren Schoß.

In diesem Moment fühlte Lena eine Welle der Geborgenheit. Es war, als würde die ganze Welt für einen kurzen Augenblick stillstehen. Die Sorgen des Alltags verblassten, und alles, was zählte, war der warme Atem ihrer Kinder, der gleichmäßige Rhythmus ihres Atems. Hier, im Halbdunkel des Zimmers, erfüllt vom leisen Flüstern der Nacht und dem Duft der frischen Bettwäsche, fühlte sie das Glück, das sie den ganzen Tag über suchte. «Ich habe dich lieb, Mama», flüsterte Paul noch, bevor seine Augen sich schlossen. Lena drückte ihm einen Kuss auf die Stirn und legte vorsichtig die Decke über ihn. Es war dieser Moment, in dem sie vollkommen sie selbst sein konnte. Ohne Fragen, ohne Zweifel. Nur die bedingungslose Liebe, die sie mit ihren Kindern verband. Als sie sich aufrichtete und die Tür leise hinter sich zuzog, blieb ein kleines, glückliches Lächeln auf ihren Lippen zurück.

Die Kinder waren schließlich im Bett, und Lena ließ sich auf die Couch sinken. Der Raum war still, bis auf das leise Rauschen der Heizung und das Klicken der Fernbedienung. Sie fühlte sich, als hätte sie etwas von sich selbst verloren. Etwas, das früher einmal da war, aber das sich mehr und mehr in Luft auflöste.

«Gibt es da mehr?», fragte sie sich leise, während sie zum Fenster ging und in die Dunkelheit starrte. Die Lichter der Stadt flimmerten in der Ferne. Ein Moment der Sehnsucht ergriff sie, als könnte sie in eine andere Welt blicken – eine, in der sie einfach nur sie selbst sein konnte.

Ein Moment, in dem sie nicht mehr spielte, sondern einfach nur war. Ein Ort, an dem sie etwas finden würde. Etwas, das sie wieder erwecken konnte.

Am nächsten Morgen klingelte der Wecker erneut, und Lena öffnete die Augen schwerfällig. Der Raum lag im Halbdunkel, die ersten Anzeichen des neuen Tages schienen sich noch nicht durch die Dunkelheit zu kämpfen. Sie fühlte die Müdigkeit des vorherigen Tages, die sich wie eine unsichtbare Last auf ihre Schultern legte. Der morgendliche Trott begann: Kinder wecken, Frühstück machen, die üblichen Streitereien um vergessene Hausaufgaben und verschwundene Sportsachen.

Nachdem sie die beiden abgesetzt hatte, parkte Lena wie gewohnt beim Park-and-Ride. Der Bahnsteig war voller Pendler, die in ihre Telefone starrten oder gedankenverloren den Boden anblickten. Doch diesmal erblickte Lena sie wieder – die Frau mit dem Notizbuch. Sie stand abseits der Menge, ihr Kopf war leicht gesenkt, während sie konzentriert etwas aufschrieb. Ein kleiner Moment der Stille schien die beiden zu verbinden, als Lenas Blick auf ihr Notizbuch fiel.

«Früher hatte ich auch so ein Notizbuch», dachte Lena sehnsüchtig. «Vielleicht irgendwo im Büro oder in einer alten Schublade zu Hause.» Es war, als hätte dieser flüchtige Anblick eine verborgene Tür in ihrem

Gedächtnis geöffnet. Ein Hauch von Nostalgie, der sie durchzog, als wäre es der Verlust von etwas Wichtigem – einem Teil von ihr, der schon lange vergessen schien.

Der Zug fuhr ein, und Lena stieg ein, fand einen Platz am Fenster und lehnte sich zurück. Die Fahrt verlief wie immer in der morgendlichen Eintönigkeit – bis plötzlich das Licht im Zug flackerte. Für einen Sekundenbruchteil schien es, als würde alles stillstehen. Ein scharfes Aufblitzen, ein kurzes, elektrisches Knistern, und der ganze Zug wurde in ein seltsames, blendendes Licht getaucht. In diesem Moment schien die Zeit zu stehen. Lena sah sich selbst wie durch einen Spiegel: Die junge Frau, die früher geschrieben hatte, voller Träume und Ideen. Das Bild verblasste, doch die Sehnsucht blieb. Es war, als hätte das Licht eine Tür geöffnet, hinter der sie längst verschollen geglaubt war. Ein Moment der Offenbarung, der ihre Gedanken wie ein Blitz durchzuckte.

Es war keine klare Vorstellung, eher eine plötzliche Vision, die sie überflutete. Sie sah sich selbst, wie sie an einem Schreibtisch saß, das Licht einer alten Lampe auf ein offenes Buch fiel. Ihre Hände, die den Stift hielten, schrieben in einem flüssigen Strom aus Worten. Es war keine fremde Szene, sondern fühlte sich an wie eine längst vergessene Erinnerung – oder vielleicht eine Vision ihrer Zukunft. Die Seiten des Notizbuchs waren gefüllt mit Ideen, Gedanken und Geschichten. Die Worte sprangen ihr entgegen, als ob sie schon immer da gewesen wären, tief in ihr verborgen, nur darauf wartend, aufgeschrieben zu werden.

«Warum habe ich überhaupt aufgehört zu schreiben?», fragte sie sich, als sie das flackernde Licht im Zug bemerkte. Und in diesem Moment wurde ihr plötzlich klar, dass sie mehr wollte als nur das tägliche Überleben. Die Welt um sie herum schien für einen Augenblick zu verschwinden, als ob alles, was sie jemals gebraucht hatte, in diesem Notizbuch lag – ein Buch voller Antworten, das darauf wartete, geöffnet zu werden.

Als das Licht wieder stabil wurde, kehrte der Zug zur Normalität zurück. Pendler schauten auf, einige flüsterten, doch für Lena war der Moment wie eine Offenbarung gewesen. Ihr Herz raste, und sie spürte das Kribbeln in ihren Fingern, das Bedürfnis, sofort einen Stift in die Hand zu nehmen. Es war, als hätte sie einen Teil von sich wiederentdeckt, der längst begraben gewesen war. Eine Flamme, die plötzlich aufflackerte und sie mit einer Welle von Aufregung und Drang ergriff. «Ich muss mein altes Notizbuch finden», flüsterte sie leise zu sich selbst. Es war mehr als nur eine vage Idee – es war ein Drang, eine plötzliche Klarheit inmitten des monotonen Nebels ihres Alltags. In ihrem Inneren war etwas aufgebrochen, ein kleiner Funke, der sich in eine Flamme verwandelte.

Im Büro angekommen, beschloss Lena, bei der ersten Gelegenheit nach dem Notizbuch zu suchen. Ihre Gedanken kehrten immer wieder zu diesem Moment im Zug zurück, als wäre es ein Zeichen gewesen, ein Ruf, den sie nicht ignorieren konnte. Es war, als hätte sie den ersten Schritt auf einem neuen Weg gemacht, ohne es wirklich zu merken.

Während sie die ersten E-Mails des Tages beantwortete, hörte sie kaum die Geräusche um sich herum. Die Stimmen der Kollegen und das Rattern der Drucker verschwammen. Alles, was sie in diesem Moment wirklich fühlte, war dieser brennende Wunsch, ihre Gedanken wieder festzuhalten – als ob sie dadurch etwas von sich selbst zurückgewinnen könnte, das sie lange verloren hatte.

«Vielleicht ist das der Anfang von etwas Neuem», dachte sie, während sie ihre Kaffeetasse zur Seite stellte. Ein Hauch von Aufregung durchzog sie, ein Gefühl, das sie schon lange nicht mehr gespürt hatte. Die Leere, die sie so lange begleitet hatte, wich einem Funken neuer Hoffnung, als ob der flüchtige Moment im Zug etwas in ihr entfacht hätte. Und zum ersten Mal seit langer Zeit schien der Tag etwas anderes zu sein als nur ein endloser Kreislauf.

Der Arbeitstag zog sich wie Kaugummi, die Minuten schienen sich endlos zu dehnen. Lena saß an ihrem Schreibtisch, die Tastatur unter ihren Fingern klackerte, während der Bildschirm vor ihr voll von halb fertigen Texten war. Doch immer wieder schlich sich der Gedanke an das Notizbuch in ihre Gedanken. «Wo ist es nur?», fragte sie sich immer wieder, während ihre Finger die Buchstaben in die Tastatur hackten, aber die Worte kamen nicht mehr so flüssig wie zuvor. Die Erinnerung an den Moment im Zug war wie ein unheilvolles Flackern in ihrem Inneren, immer wieder tauchten Fragmente aus der Vision auf. Sie konnte sich nicht genau erinnern, was sie geschrieben hatte, aber das Gefühl war klar – es waren Gedanken, die sie festhalten musste, etwas, das tief in ihr lag und darauf wartete, herauszukommen.

Ab und zu flackerte es wieder, ein kurzer, unklarer Moment, als ob der Bildschirm selbst in den Erinnerungen tanzte. Sie sah sich selbst an diesem Schreibtisch, wie sie mit der Hand das Notizbuch füllte. Doch jedes Mal, wenn sie versuchte, die Erinnerungen zu fassen, entglitten sie ihr wie Sand zwischen den Fingern. «Komm schon, Lena, reiß dich zusammen», murmelte sie und zwang sich zurück in die Gegenwart. Der Tag war voller Aufgaben, aber keine von ihnen konnte ihre volle Aufmerksamkeit bekommen. Der Druck, der auf ihr lastete, wuchs, doch die einzige Lösung, die sie zu finden glaubte, war dieses alte Notizbuch.

Es war fast schon dunkel, als Lena die Kinder von der Schule abholte. Der Alltag war der gleiche wie immer, ein endloser Trott aus Büroalltag, Mittagessen, Abgabeterminen und das Abarbeiten von To-do-Listen. Die Gespräche mit den Kindern drehten sich immer um dasselbe, Fragen nach dem Arbeitstag, um Socken, die wieder fehlten, und Kindergeschichten, die immer wieder erzählt wurden. Doch während sie die Kinder ins Auto setzte, konnte sie die Gedanken an das Notizbuch nicht abschütteln.

Zu Hause angekommen, war das Abendessen eine schnelle Angelegenheit. Die Kinder waren hungrig und müde, und Lena funktionierte auf Autopilot. Sie musste sich wieder zusammenreißen, ihre innere Unruhe hatte keine Zeit, Raum zu nehmen. Es war der Abend, der die einzige Konstante in ihrem Leben darstellte: die Kinder, das Abendessen, das ins Bett bringen.
Doch als sie das letzte Gute-Nacht-Küsschen verteilt hatte und die Tür leise ins Schloss fiel, wusste sie: Jetzt würde sie es suchen.

Lena holte sich eine Taschenlampe und kletterte schließlich hinauf auf den Dachboden. Der Staub in der

Luft schwebte wie kleine, goldene Partikel, die im Licht der Lampe tanzten. Sie begann, die Kisten durchzugehen, die sich im Dunkeln stapelten, abgedeckt von vergilbtem Papier und längst vergessenen Erinnerungen.

«Wo ist es nur?» Der Gedanke schlich sich immer wieder durch ihren Kopf, während sie eine Kiste nach der anderen öffnete. Sie hatte nicht einmal gewusst, dass so viele Dinge in den alten Kisten lagen. Klamotten aus vergangenen Jahren, Kindheitserinnerungen, alte Urlaubsfotos. Doch das Notizbuch blieb unauffindbar.

Erst als sie eine letzte, sehr alte Kiste umdreht, hörte sie das leise Knarren des Holzes. Vorsichtig öffnete sie den Deckel. In einer Ecke lag es – das Notizbuch. Staubig, zerknittert, als hätte es schon lange niemanden mehr interessiert.

Ihre Finger zitterten, als sie das Buch anhob, fast wie ein zerbrechliches Artefakt. Mit jedem Atemzug schien die Welt ein kleines Stück heller, klarer zu werden. Dieses Buch war mehr als ein Gegenstand – es war ein Teil von ihr, der endlich wieder gefunden war.

Lena atmete tief ein und hob es vorsichtig auf. Die Seiten waren vergilbt, doch der Geruch des Papiers war noch der gleiche. Der Moment fühlte sich magisch an, wie ein kleines Wunder inmitten der vielen Jahre, die seitdem vergangen waren. Sie blätterte vorsichtig durch die Seiten, während sich Erinnerungen an längst Vergessenes in ihr auftürmten.

Es war, als würde sie eine Verbindung zu sich selbst wiederentdecken.

Die Worte, die sie damals notiert hatte, waren einfache Gedanken, oft nur Notizen oder kurze Ideen. Doch mit jedem Wort, das sie las, wurde ein Gefühl von Klarheit wach. Die Gedanken, die sie so lange verdrängt hatte, begannen, sich wieder zu ordnen. Es war wie ein Puzzleteil, das sie ein ganzes Leben lang gesucht hatte. In diesem Moment wusste Lena, dass sie auf dem richtigen Weg war.

Kapitel 2: Verborgene Gedanken

Am nächsten Morgen war das Haus stiller als sonst. Die Kinder waren bei ihrem Ex-Mann, dem Vater der Kinder, und Lena hatte das Gefühl, als würde sich eine unsichtbare Lücke auftun, die sie nicht sofort füllen konnte. Die Leere war anders als sonst, weniger erdrückend, aber dennoch fühlte sie sich wie ein leeres Blatt, auf das keine Worte zu passen schienen.

Sie verabschiedete sich von den Kindern mit einem Kuss und einem letzten Blick, der noch lange in ihr nachhallte. Dann, allein in der Wohnung, trat sie zum Fenster, schaute hinaus und atmete tief durch. Der Tag lag vor ihr wie eine weiße Leinwand. Normalerweise hätte sie diesen Moment genutzt, um sich in die Arbeit zu stürzen, die die nächsten Stunden füllen würde, doch heute war es anders. Heute gab es keine Eile, keinen Drang, alles sofort zu erledigen. Sie fühlte sich wie ein Schiff auf ruhiger See, das darauf wartete, zu neuen Ufern aufzubrechen.

Lena ging in die Küche, setzte sich an den Tisch und machte sich einen Tee. Die beruhigenden Aromen des Kräuteraufgusses mischten sich mit dem Gefühl der Leere, die sie nicht so recht zuordnen konnte. Dann, fast wie aus einem Reflex, ging sie zum Regal und holte das alte Notizbuch hervor. Der Staub auf dem Einband war mittlerweile ein vertrautes Zeichen vergangener Tage. Als sie es öffnete, fühlte sie eine Mischung aus Nostalgie und Neugier.

Die ersten Seiten waren voll von einfachen Gedanken, die sie vor Jahren in hastigen Momenten zu Papier gebracht hatte. Es gab die Notizen über die Liebe zu ihrem Ex, in denen sie damals ihre Gefühle und

Hoffnungen festhielt, als die Beziehung noch jung war. «Vielleicht ist es Schicksal», hatte sie damals geschrieben. «Vielleicht sind wir füreinander gemacht.» Doch der Ton der Worte war auch von Unsicherheit geprägt, ein leises Zittern, das die Jahre überdauert hatte.

Aber da waren noch viele andere Dinge. Es gab Seiten, die vollgeschrieben waren mit Fakten und Ideen aus ihrer Arbeit. «Gletscher in den Alpen – ein unberechenbares System», las sie, «möglicherweise eine Bedrohung für die Bevölkerung in den nächsten 50 Jahren.» Sie hatte damals einen Artikel über Klimawandel und seine Auswirkungen auf die Berge geschrieben, ihre Gedanken waren scharf und präzise, ein Spiegel ihrer früheren Leidenschaft für die Themen, die sie als junge Journalistin gewissenhaft behandelte.

Neben den Notizen über Gletscher fand sie auch Gedanken zur Raumfahrt. «Mars – eine der letzten Grenzen», hieß es auf einer Seite. «Wie können wir den Planeten terraformen? Was brauchen wir, um das Leben dort möglich zu machen?» Die Worte sprühten förmlich vor Ideen, als sie sich noch in den Theorien verlor, ohne die Realität der Gegenwart im Blick zu haben.

Dann, auf einer anderen Seite, stieß sie auf eine lange Liste mit Stichpunkten: «Schweizer Geschichte, mittelalterliche Handelsrouten, der Aufstieg der Eidgenossenschaft, die Rolle der alten Städte in Europa.» Es war eine der vielen Ideen, die sie in einem Moment des Interesses an ihrem eigenen Erbe niedergeschrieben hatte. Sie erinnerte sich, wie sie sich stundenlang in das Thema vertieft hatte, immer auf der Suche nach neuen Geschichten, die der Welt verborgen geblieben waren.

Doch zwischen diesen fragmentierten Themen fand sie auch tiefere, fast vergessene Gedanken – zum Beispiel über sich selbst. «Warum habe ich das Gefühl, dass ich immer nur die Rolle spiele, aber nie wirklich lebe?» Ein Satz, den sie vor Jahren aufgeschrieben hatte, als sie sich mitten im hektischen Berufs- und Familienalltag verlor und sich von den Dingen, die sie wirklich interessierten, immer weiter entfernte. Es war ein Satz, der ihr immer wieder durch den Kopf ging, heute noch.

Lena blätterte weiter, eine Seite nach der anderen. Manchmal war es eine Liste von Dingen, die sie noch erledigen wollte, ein Gedankenwirrwarr aus der Arbeitswelt, ein Wirbel von Projekten, die sie immer wieder verschob, zu viele Anforderungen, zu viele offene Enden. Manchmal waren es kleine Zeichnungen von Landschaften, die sie sich vor Jahren in den Pausen gemacht hatte – diese spontanen Entwürfe, die ihre Fantasie anregen sollten. Und dann fand sie plötzlich eine ganze Seite voller unvollständiger Sätze. Unvollständige Gedanken. «Ich möchte wieder reisen. Ich möchte die Stille finden, einen Ort, an dem die Gedanken nicht ständig um die Erledigungen kreisen.»

Die Seiten, die sie jetzt durchblätterte, erzählten eine Geschichte, die sie selbst fast vergessen hatte – die Geschichte einer jungen Frau, die mit Leidenschaft die Welt betrachtete, voller Neugier und Ideen. Eine Frau, die den Mut hatte, ihre Gedanken niederzuschreiben, ohne Angst vor den Konsequenzen. Und jetzt? Jetzt schien alles so weit entfernt.

Sie hielt inne und sah auf eine der letzten Seiten, wo eine Notiz stand, die sie nie vollständig zu Ende gedacht hatte: «Was fehlt mir? Was brauche ich wirklich, um mich wieder lebendig zu fühlen?»

Lena schloss das Notizbuch für einen Moment und starrte auf den Tee vor ihr. Die Fragen, die der Block aufwarf, brannten in ihrem Inneren. Hatte sie wirklich alles erreicht, was sie wollte? War das Leben wirklich nur ein Kreislauf aus Arbeit, Verantwortung und den täglichen Aufgaben? Oder hatte sie sich selbst verloren, auf der Suche nach einem idealen Bild, das nie existiert hatte? Sie fühlte sich plötzlich erschöpft, als hätte sie eine alte, vergessene Energie berührt, die nun wieder in ihr lebendig war.

Das Notizbuch war mehr als nur ein Sammelsurium aus Notizen und Gedanken – es war eine Erinnerung an die Frau, die sie einmal war. Und vielleicht, dachte Lena, war es auch der Schlüssel zu der Frau, die sie noch sein könnte. Sie stand auf und ging zum Fenster, sah auf die ruhige Straße, wo nichts anderes als das sanfte Rascheln der Blätter zu hören war. Heute würde sie sich Zeit nehmen. Zeit, um in den alten Erinnerungen zu stöbern. Zeit, um zu finden, was sie selbst wiederentdecken konnte. Und vielleicht – vielleicht würde das Notizbuch ihr helfen, den Schritt in eine neue Richtung zu wagen.
Sie nahm es wieder in die Hand, ließ den Tee kalt werden und öffnete eine weitere Seite. Lena blätterte weiter, jede Seite ein weiteres Kapitel ihres Lebens, das sie fast vergessen hatte. Die Notizen über die Beziehung mit ihrem Ex waren lang, voller intensiver, aber auch schmerzhafter Gedanken. Zunächst fand sie nur die süßen Worte ihrer Verliebtheit: «Er hat dieses Lächeln, das mir den Atem raubt», stand auf einer Seite. Daneben

ein Gedicht, das sie für ihn geschrieben hatte, als sie noch hoffnungsvoll an eine gemeinsame Zukunft glaubte. «Die Kinder werden unser Leben vervollständigen», hieß es auf einer anderen Seite. «Ein Haus, ein Garten, ein Ort für uns alle.» Und tatsächlich war das Haus ein Symbol ihrer großen Träume gewesen – der Ort, an dem sie ihre Familie großziehen wollte. Es war mehr als nur ein Gebäude; es war ein Versprechen an sich selbst, an die Zukunft. Doch dann kamen die anderen Seiten. Die dunkleren, verborgenen Kapitel. Lena hatte nie wirklich über die Affären gesprochen, weder ihre eigenen noch die ihres Mannes. Doch die Notizen waren ehrlich. Ihre eigenen Worte stießen sie in ein längst vergessenes Tal von Schuld und Reue: «Er muss es nicht wissen. Es war nur ein Moment der Schwäche, aber ich kann nicht aufhören zu denken, dass wir uns immer mehr voneinander entfernen.» Sie konnte sich nicht mehr genau erinnern, was sie damals fühlte – es war so lange her, dass die Schärfe der Erinnerung verblasst war.

Dann die Notizen über ihn. «Es war doch nur ein Moment der Flucht», stand dort. «Er denkt, ich ahne nichts von seinen Abenden, den Gesprächen mit seinen Affären.» Sie spürte, wie der Schmerz von damals erneut aufstieg, als sie sich an die unsichtbaren Risse erinnerte, die ihre Beziehung schließlich zerbrachen. Das Vertrauen war zerstört, und mit der Scheidung kam der endgültige Bruch. «Du bist nicht mehr die Frau, die ich einst liebte», hatte er gesagt. Und in seinen Augen hatte sie einen Blick gesehen, den sie nie wieder vergessen konnte. Lena schüttelte den Kopf, als ob sie die Erinnerungen abschütteln könnte. Doch sie wusste, dass sie tief in ihr verankert waren. Das Notizbuch war wie ein Spiegel, der ihr die ganze Komplexität ihrer Vergangenheit zeigte – die Liebe, die Verletzungen, die Versuche, sich selbst zu finden. Und dann, am Ende der Seite, fand sie etwas, das sie fast vergessen hatte: ein Textfragment, das sie vor Jahren geschrieben hatte, als sie die Idee für ein Buch entwickelte. «Ich möchte die Geschichte erzählen», las sie. «Die Geschichte einer Frau, die nach vielen Jahren der Verwirrung erkennt, dass der wahre Feind nicht die äußeren Umstände sind, sondern die inneren Blockaden, die sie selbst erschaffen hat.» Sie erinnerte sich, dass sie damals von einer Frau geschrieben hatte, die in einer ähnlichen Situation wie sie selbst war, gefangen zwischen der Vergangenheit und der Zukunft.

«Vielleicht ist es Zeit, das zu schreiben», hatte sie auf der letzten Seite skizziert. «Ein Buch über den Kampf, sich selbst zu befreien. Ein Buch, das nicht nur meine Geschichte erzählt, sondern die vieler anderer Menschen. Die, die glauben, dass sie zu spät sind. Die, die sich nicht mehr erinnern können, wie es sich anfühlt, frei zu sein.»

Lena starrte auf das Fragment. Es war fast so, als ob das Buch schon immer darauf gewartet hatte, geschrieben zu werden, aber sie hatte nie den Mut gefunden, den ersten Schritt zu tun. «Warum nicht jetzt?», dachte sie. Aber dann erinnerte sie sich an die Vision, die sie gestern im Untergrund gehabt hatte. Ein Bild, das sich wie ein leuchtender Stern in ihrem Kopf manifestiert hatte – die Szene, die ihre Gedanken auf eine neue Bahn lenkte. Ein Bild einer Frau, die sich selbst befreite, die durch die Dunkelheit ging, um das Licht zu finden. War das nicht die Geschichte, die sie damals in ihrem Notizbuch skizziert hatte?

In der Vision war es dunkel gewesen, und der Raum fühlte sich erdrückend an. Aber es war kein gewöhnlicher Raum. Der Boden war aus zerbrochenem Glas, und in der Ferne war ein heller Lichtschein zu sehen. Es war ein seltsames Bild von Befreiung, eine Frau, die aus den Trümmern ihrer eigenen Vergangenheit hervorkam. Es war genau die Vision, die sie in ihren Kopf hatte, als sie gestern im Zug saß – als sie den Moment hatte, in dem sich alles zusammenfügte.

«Es war nicht nur ein Traum», flüsterte Lena leise vor sich hin. «Es war die Geschichte, die ich immer schon erzählen wollte.»

Lena legte das Notizbuch zur Seite und stand auf. Ihr Herz schlug schneller, und ein Gefühl von Dringlichkeit stieg in ihr auf. Die Zeit war jetzt. Vielleicht war es genau dieser Moment, den sie brauchte, um wieder einen Schritt nach vorne zu gehen.

Die Vision hatte sie aufgeweckt, aber nicht nur von der Erinnerung an ihre eigene Vergangenheit, sondern auch von dem Ruf, endlich die Geschichte zu schreiben, die sie schon immer erzählen wollte. Ein Buch, das nicht nur von der Vergangenheit sprach, sondern von der Kraft, aus ihr herauszutreten.

Kapitel 3: Die alte Buchidee

Das Notizbuch lag schwer in ihren Händen, als sie auf die alten, ersten Ideen stieß, die ein Buch – eine Geschichte skizzierten. Die erste Seite war mit einer hastigen Handschrift gefüllt, als hätte sie diese Worte in einem Moment der plötzlichen Eingebung notiert.

«*Eine Liebesgeschichte*», las sie leise vor. Ihre Augen wanderten über die Notizen, die kleinen Skizzen der Charaktere, die sie in Gedanken geformt hatte. Ein Versuch, die innere Welt zweier Menschen zu ergründen, die sich begegneten und gegenseitig auf einer tieferen Ebene beeinflussten.

«*Anna und Michael*», stand da in ihrer alten Handschrift. Zwei Namen, die wie alte Bekannte klangen. Sie erinnerte sich vage an die ersten Entwürfe: *Anna, eine ehrgeizige und scheinbar unnahbare Frau, die sich hinter ihrer Karriere versteckte, um nicht mit ihren eigenen Gefühlen konfrontiert zu werden. Und Michael, ein Gletscherforscher, der die entlegensten Orte der Welt bereiste, immer auf der Suche nach Antworten in der unendlichen Weite des Eises.* «*Gletscherforscher*»? dachte sie verwundert und stufte diese Idee ein als Überbleibsel ihrer journalistischen Recherchen damals.

Lena erinnerte sich an ihre Gedanken, als sie die beiden Charaktere erschuf. Sie wollte nicht nur die Liebesgeschichte zwischen zwei Menschen erzählen, sondern auch die Kämpfe, die sie mit sich selbst ausfochten. Ihre Ängste, Träume und die Eitelkeiten, die sie in Konflikt brachten. Es war die Geschichte zweier Menschen, die sich in ihrer Liebe selbst verloren und doch gleichzeitig fanden. Mit zitternden Händen blätterte Lena weiter. Die Seiten waren gefüllt mit

Szenenbeschreibungen, Dialogen und detaillierten Charakterstudien. Jede Zeile war wie ein kleiner Blick in die Seelen der Figuren.

Eine Szene, die sie sich besonders gut ins Gedächtnis rief, sprang ihr ins Auge:

«Anna saß am Fenster und beobachtete die Menschen, die unter ihr vorbeihasteten. Sie fühlte sich verloren in der Menge, ein Gefühl der Einsamkeit überkam sie. Es war, als wäre sie in einem Raum voller Menschen, und doch war sie allein. In diesem Moment betrat Michael das Zimmer, sein Gesicht von einem warmen Lächeln erhellt. 'Du siehst so nachdenklich aus', sagte er sanft. 'Woran denkst du?' 'An nichts und alles', murmelte Anna. 'Ich frage mich nur manchmal, ob wir jemals wirklich wissen, wer wir sind. Oder ob wir nur Rollen spielen, die uns vorgegeben werden.' Michael setzte sich neben sie, seine Hand berührte leicht ihre. 'Vielleicht spielen wir alle Rollen', antwortete er leise. 'Aber vielleicht ist die Liebe der Moment, in dem wir für einen Augenblick wir selbst sein können.'»

Lena legte das Notizbuch in ihren Schoß und schloss die Augen. Sie konnte die Szene fast vor sich sehen, das schwache Licht, das Annas Gesicht beleuchtete, der Ausdruck in ihren Augen, der zwischen Sehnsucht und Unsicherheit schwankte. Es war, als hätte sie sich selbst in diese Figur geschrieben, all die Zweifel und Fragen, die sie damals umtrieben.

Die Geschichte von Anna und Michael war mehr als nur eine Romanze. Sie war eine Untersuchung der menschlichen Psyche, eine Reflexion über Ego, Narzissmus und die Suche nach wahrer Verbindung. Michael, der Gletscherforscher, war fasziniert von der

Kälte und der Stille des Eises, ein Mann, der in der Weite der Natur Antworten suchte, die er in der Nähe der Menschen oft nicht fand. Anna hingegen war verschlossen, hielt die Menschen auf Distanz, um sich selbst zu schützen. Sie war diejenige, die sich hinter einer Maske verbarg, während Michael alles daran setzte, die tiefsten Schichten des Eises, und auch die von Anna, zu durchdringen.

Lena blätterte weiter, als ihre Augen auf eine Seite voller kleiner, versteckter Notizen fielen. Es war fast so, als hätte sie damals mit sich selbst gesprochen, um die Charaktere besser zu verstehen:

«Was sind Annas größte Ängste?» notierte sie damals in ihrer Handschrift. Anna fürchtet sich davor, sich zu verlieren, ihre eigenen Bedürfnisse aufzugeben, wenn sie jemanden zu nahe an sich heranlässt. Sie kämpft gegen die Angst, verletzt zu werden, und zieht sich deshalb immer mehr in ihre Arbeit zurück.

«Was treibt Michael an?» fragte sie sich weiter. Er sucht nach Beständigkeit in einer sich ständig verändernden Welt. Die Gletscher, die er erforscht, sind für ihn mehr als nur Eis. Sie sind Zeitzeugen, eingefrorene Geschichten aus der Vergangenheit. Michael möchte das Unvergängliche finden, während alles andere sich aufzulösen scheint. Vielleicht hofft er, im Eis die Antwort auf die Frage nach dem Sinn des Lebens zu finden.

Und dann kam die letzte Frage: *«Warum sind sie trotz ihrer Unterschiede voneinander angezogen?»* Eine einfache Notiz am Rand erklärte es. Weil sie in einander das sehen, was ihnen selbst fehlt. Anna bewundert

Michaels Fähigkeit, sich in der unendlichen Weite zu verlieren und dennoch immer seinen Weg zu finden. Für Michael ist Anna wie ein Rätsel, das er lösen möchte. Sie ist für ihn wie ein Gletscher – eisig und unnahbar auf den ersten Blick, doch unter der Oberfläche voller Tiefe und Schönheit.

Lena las die Fragen und spürte, wie sie sich mit neuen Gedanken füllte. Die Geschichte hatte sich entwickelt, lebte weiter, obwohl sie sie so lange unbeachtet gelassen hatte. Sie fühlte den Drang, die Geschichte neu zu schreiben, sie zu vervollständigen, vielleicht um ihre eigenen Fragen zu beantworten, die sie so lange nicht gestellt hatte.

Sie klappte das Notizbuch zu und hielt es fest an ihre Brust. In diesem Moment fühlte sie eine Mischung aus Angst und Aufregung. Der Gedanke, wieder zu schreiben, erfüllte sie mit einer kindlichen Freude, die sie seit Jahren nicht mehr verspürt hatte. Es war, als hätte sie endlich den Weg zurück zu sich selbst gefunden.

Mit einem letzten tiefen Atemzug stand sie auf, das Notizbuch fest in der Hand. Sie spürte, dass dies der Anfang von etwas Neuem war – ein Schritt, der sie aus dem Nebel ihres Alltags herausführen könnte. Lena wusste, dass sie es sich schuldig war, die Geschichte zu Ende zu bringen – nicht nur für Anna und Michael, sondern auch für sich selbst.

Und so verließ sie den Dachboden, entschlossen, diesen alten Traum wieder aufleben zu lassen. Das Notizbuch, das sie noch immer fest an ihre Brust drückte, schien ein Eigenleben zu führen, als würde es förmlich pulsieren und sie zum Handeln drängen. Ohne groß nachzudenken, griff sie sich ihre Jacke und trat auf die Straße hinaus. Die frische Herbstluft war wie ein Weckruf. Ihre Schritte waren zügig, zielstrebig, als hätte sie Angst, der plötzliche Funke könnte wieder verlöschen, wenn sie zu lange zögerte.

Es war schon später Nachmittag, die Sonne hing tief am Himmel und warf ein warmes Licht über die Dächer der Stadt. Sie ging die Hauptstraße entlang, bis sie das kleine Café an der Ecke erreichte – ein Ort, den sie früher oft besucht hatte, wenn sie schrieb. Die vertrauten Klänge von klirrenden Tassen und gedämpften Gesprächen empfingen sie, und sie spürte eine warme Welle von Nostalgie. Lena setzte sich an einen kleinen Tisch am Fenster. Von hier aus konnte sie die Menschen auf der Straße beobachten, ein lebendiger Fluss von Gesichtern, Geschichten und Gefühlen, die vorbeizogen. Sie bestellte einen schwarzen Kaffee, so wie sie es immer getan hatte, und holte ihren Laptop aus der Tasche. Für einen Moment hielt sie inne, ihre Hände ruhten auf der Tastatur. Das weiße Nichts des Bildschirms starrte sie an, leer und unbeschrieben, wie ein frisches Blatt Papier.

Sie atmete tief durch und öffnete ein neues Dokument. Der Cursor blinkte ruhig in der oberen linken Ecke, ein kleiner schwarzer Strich auf der weiten, leeren Fläche. Er blinkte, wartete, als würde er Lena herausfordern.

In ihrem Kopf wirbelten tausend Gedanken umher, doch keine fand sofort ihren Weg auf den Bildschirm. Sie beobachtete, wie der kleine Strich immer wieder verschwand und wieder auftauchte, ein stilles, beharrliches Pulsieren. Es war wie der Herzschlag einer Idee, die sich langsam formte, bereit, geboren zu werden. Die weiße Leinwand, die vor ihr lag, fühlte sich an wie die endlose Weite eines Gletschers – kalt, still, aber voller unentdeckter Geheimnisse.

Lena spürte ein Kribbeln in den Fingern. Es war der vertraute Drang, zu schreiben, der plötzlich wieder erwachte. Sie dachte an Anna und Michael, an ihre alten Notizen. Sie dachte an die Gespräche, die sie nie zu Papier gebracht hatte, an Szenen, die sie vor Jahren in ihrem Kopf entworfen, aber nie geschrieben hatte.

Ihre Finger glitten langsam über die Tastatur, fast zögerlich, als wüssten sie nicht, wo sie anfangen sollten. Der Cursor blinkte weiter, geduldig und ruhig, und dann, plötzlich, setzte sie den ersten Buchstaben. Ein «A». Der Anfang eines Namens, eines Satzes, einer Geschichte. Sie ließ den Atem aus, den sie unbewusst angehalten hatte, und tippte weiter.

«Anna stand am Rand des Gletschers, die Kälte biss in ihre Wangen, doch sie spürte es kaum. Ihr Blick war auf die weite, weiße Fläche gerichtet, die sich vor ihr erstreckte, als würde sie das Ende der Welt betrachten. Der Wind pfiff um sie herum, und der Schnee knirschte unter ihren Füßen, doch alles, was sie hörte, war die Stimme in ihrem Kopf. Was suchte sie hier? Antworten? Erlösung? Oder war es einfach nur die Flucht vor der Leere, die sie in sich spürte?»

Lena hielt inne, las den ersten Absatz noch einmal durch. Ihre Hände zitterten leicht, nicht vor Kälte, sondern vor Aufregung. Es war, als würde sie nach Jahren des Schweigens endlich wieder sprechen können. Sie schrieb weiter, ohne zu viel nachzudenken, ließ die Worte einfach fließen:

«Michael beobachtete sie aus der Ferne. Er kannte diesen Ausdruck in ihren Augen, hatte ihn oft gesehen,

wenn sie in der Stadt am Fenster saß und auf die Straße blickte. Doch hier, inmitten der eisigen Einöde, schien dieser Blick noch intensiver zu sein, als hätte die Stille des Gletschers all ihre inneren Stimmen verstärkt. Er trat vorsichtig näher, seine Schritte hinterließen tiefe Abdrücke im Schnee. 'Es ist anders hier, nicht wahr?', fragte er leise, als er schließlich neben ihr stand. Sie drehte den Kopf und sah ihn an. 'Ja', antwortete sie, ihre Stimme kaum mehr als ein Flüstern. 'Hier kann ich endlich die Stille hören.'»

Lena lächelte, als sie die Worte tippte. Es war so natürlich, fast wie ein Gespräch mit alten Freunden. Anna und Michael lebten wieder, formten sich neu vor ihren Augen. Die Geschichte, die sie damals begonnen hatte, nahm nun Gestalt an, wuchs und entwickelte sich weiter, als hätte sie all die Jahre nur auf diesen Moment gewartet.

Der Kaffee war längst kalt geworden, doch Lena bemerkte es kaum. Sie war versunken in ihre eigene Welt, ihre Finger flogen über die Tasten. Die weiße Leinwand füllte sich allmählich mit Worten, mit Leben, mit den Emotionen, die sie so lange tief in sich vergraben hatte.

Die Zeit verging, und das Café leerte sich allmählich, doch Lena blieb sitzen. Draußen begann es zu dämmern, die ersten Lichter der Stadt flammten auf, doch in ihrem Kopf war es hell und lebendig. Die weiße Leinwand, die sie zu Beginn fast eingeschüchtert hatte, war nun voll von Worten, die wie Pinselstriche eine Geschichte malten.

Als sie endlich innehielt, blickte sie auf den Bildschirm, auf die Seiten, die sie geschrieben hatte. Sie fühlte sich befreit, als hätte sie ein Stück von sich selbst gefunden, das sie längst verloren geglaubt hatte. Der blinkende Cursor war nun ein Zeichen, nicht des Wartens, sondern des Fortsetzens.

Sie wusste, dass dies erst der Anfang war, dass sie noch viel zu erzählen hatte. Aber zum ersten Mal seit langer Zeit verspürte sie keine Angst mehr. Nur Freude, Vorfreude auf das, was kommen würde. Lena schloss den Laptop und lehnte sich zurück. Die Geschichte von Anna und Michael hatte endlich wieder begonnen, und mit ihr war auch ihre eigene Geschichte neu erwacht.

Mit einem leichten Lächeln und dem Notizbuch fest in ihrer Tasche verließ sie das Café. Die Nacht hatte bereits begonnen, die Stadt lag im sanften Schein der Laternen vor ihr. Und Lena fühlte sich lebendig – wie eine Schriftstellerin, die wieder ihren Weg gefunden hatte.

Lena kam nach Hause, der Duft von Kaffee und der kühle Abendwind hingen noch in der Luft, als sie die Tür hinter sich schloss. Ihr Herz schlug schneller, als sie das Notizbuch aus ihrer Tasche zog und ihn behutsam auf dem Tisch ablegte. Die Worte, die sie im Café für den Moment beiseitegeschoben hatte, schwirrten ihr noch immer im Kopf herum. Der leere Bildschirm, der Cursor, der sie so herausgefordert hatte, waren jetzt nur noch ferne Gedanken. Ihr Kopf war klarer, fokussierter, als sie sich dem Notizbuch widmete, das sie so lange unbeachtet gelassen hatte.

Sie öffnete es erneut und begann, durch die Seiten zu blättern. Ihr Blick blieb an einer Stelle hängen, die sie zuvor nicht wirklich beachtet hatte – einer Notiz, die zwischen den skizzenhaften Entwürfen von Anna und

Michael versteckt war. Es war eine Zeile, die sie als «Zusätzliche Gedanken» betitelt hatte.

«Gletscher hinterlassen Spuren, die fast für immer bleiben. Sie verändern Landschaften für Jahrhunderte und konservieren Menschen, Gedanken, Orte, Erinnerungen – und verändern die Welt auf eine Weise, die man nicht sofort sehen kann.»

Diese Worte zogen sie an, als hätten sie eine eigene, magnetische Kraft. Sie las sie immer wieder, versuchte, den Sinn dahinter zu begreifen. Der Vergleich zwischen den Gletschern und den eigenen Erinnerungen war tiefgründiger, als sie ursprünglich gedacht hatte. Sie hatte es damals als Metapher verwendet, ohne es wirklich zu begreifen. Doch jetzt, mit all den neuen Gedanken, die in ihr aufkeimten, verstand sie plötzlich.

«Findlinge», las sie weiter, «sind Steine, die von Gletschern transportiert werden. Sie landen an Orten, wo sie eigentlich nicht hingehören, und hinterlassen eine Spur der Vergangenheit.»

Lena schloss für einen Moment die Augen und dachte nach. Die Findlinge… Hatte sie nicht selbst auch immer wieder Teile ihrer Vergangenheit an Orten abgelegt, wo sie eigentlich nicht hingehörten? Alte Gefühle, nicht verarbeitete Ängste, Wünsche und unerfüllte Träume, die sie in der Hektik ihres Lebens beiseitegeschoben hatte, als wären sie Relikte aus einer anderen Zeit. So wie die Gletscher Felsen in fremde Landschaften brachten, hatte sie selbst all diese «Felsen» in ihrem Leben verlegt und sich dabei immer weiter von sich selbst entfernt.

Lena setzte sich auf den Stuhl, legte das Notizbuch auf den Tisch und atmete tief ein. Sie verstand jetzt, was es bedeutete. Die Vergangenheit konnte sie konservieren, in dem Sinne, dass sie sie nie ganz losließ. Sie hatte immer gedacht, sie sei fort, dass sie weitergezogen war. Aber in Wahrheit war sie ein Gletscher, der noch immer das eingefrorene Land der Vergangenheit in sich trug.

Lena saß immer noch an ihrem Tisch, das Notizbuch vor sich, als ihr plötzlich ein Gedanke durch den Kopf schoss – eine Nachricht, die sie in den letzten Tagen in den Nachrichten gesehen hatte. Ein Fund, der ihr im Gedächtnis geblieben war. Ein Findling.

Sie erinnerte sich an den Artikel, den sie am Dienstagabend beim Abendessen auf ihrem Tablet überflogen hatte. Es war von einem außergewöhnlichen Fund in der Elbe die Rede gewesen: Ein massiver Felsen, der von den Fluten des Flusses freigelegt worden war und nun auf einem Steg an einem Hafen stand, von der Öffentlichkeit bestaunt. Der Felsen, ein Findling, stammte ursprünglich aus Schweden, so hieß es im Bericht. Er war Teil eines Gletschers gewesen, der vor Jahrtausenden die Region überzogen hatte. Nun hatte der Fluss ihn zurückgebracht, als Erinnerung an eine längst vergangene Zeit.

«Es ist faszinierend, wie die Natur ihre Spuren hinterlässt», dachte Lena und strich nachdenklich über die Seiten des Notizbuchs. «Ein Findling, der aus einem anderen Land, aus einer anderen Welt stammt. Einfach so, zurückgebracht durch das Wasser. Die Zeit macht aus ihm einen Teil dieser neuen Landschaft, aber er ist immer noch nicht wirklich hier. Er gehört nicht hierher.»

In dem Moment wurde ihr klar, wie sehr sie sich selbst in diesem Bild wiederfand. Wie oft hatte sie sich wie dieser Findling gefühlt – wie ein Stück ihrer selbst, das an einem fremden Ort landete, ohne wirklich zu wissen, warum oder wie es dorthin gekommen war. Lena spürte, dass diese Entdeckung in der Elbe mehr mit ihr zu tun hatte, als sie anfangs gedacht hatte.

Lena schrieb die Gedanken in ihrem Notizbuch nieder. Sie wusste, dass sie jetzt den Weg gefunden hatte, die Geschichte weiter zu spinnen. Anna und Michael, der Gletscher, der Findling – sie alle verbanden sich in einem Moment der Erkenntnis. Vielleicht, dachte sie, war auch sie ein Findling, der auf der Suche nach einem Ort war, an dem sie wirklich hingehörte.

Der Gedanke ließ sie kurz innehalten, als ein leiser Windzug durch das offene Fenster strich und die Blätter auf ihrem Tisch raschelten. Sie blickte auf die Uhr – es war spät geworden. Doch Lena fühlte sich nicht müde. Die Verbindung zwischen der Natur und ihrer eigenen Geschichte hatte etwas in ihr angestoßen, das sie nicht mehr losließ.

Mit einem erneuten tiefen Atemzug klappte sie das Notizbuch zu. Sie spürte die Energie, die in ihr brannte, die Anspannung, die nach dem Schreiben auf sie wartete. Lena wusste, dass sie am Anfang von etwas stand, von einer Reise, die mehr war als nur eine Geschichte. Es war der Beginn einer Suche, nach sich selbst, nach Antworten.

Kapitel 4: Gedanken bilden Geschichten

Am Sonntagabend kehrt das Leben in Lenas Wohnung zurück. Das Chaos, das die Kinder in wenigen Minuten verbreiten, ist eine willkommene Abwechslung zur Ordnung, die sie zuvor so erdrückend fand. Jacken werden achtlos auf Stühle geworfen, Schuhe liegen quer im Flur, und der Fernseher flackert schon, während der jüngste einen Kakao fordert. Lena taucht ein in diese vertraute, unperfekte Welt, genießt die Gute-Nacht-Rituale, die sanften Streicheleinheiten über die Köpfe ihrer Kinder und das halbherzige Meckern, wenn sie noch ein Buch vorgelesen haben wollen.

Doch kaum ist das Haus still, kaum hat sie die Kinder zugedeckt und selbst eine Tasse Kaffee auf dem Sofa in der Hand, beginnen ihre Gedanken wieder zu wandern. Anna und Michael sind zurück – in ihrem Kopf, in ihrer Welt. Und mit ihnen die Frage: «Was jetzt? Wie soll die Geschichte mit Anna und Michael weitergehen?» Lena ist müde, im Kopf ein Mus aus Realität und Fantasie. «Heute nicht mehr» denkt sie, nimmt den letzten Schluck, putzt sich die Zähne und legt sich hin.

Der Montagmorgen im Büro ist wie eine kalte Dusche. Die Routine der Arbeit – E-Mails, Meetings, Deadlines – fordert ihre Konzentration. Dennoch drängen sich Anna und Michael immer wieder dazwischen, wie ungebetene Gäste. Beim Anblick eines Kollegen, der Fotos von einem Skiurlaub zeigt, denkt sie: «*Michael würde die unberührte Schneelandschaft genießen – oder kritisieren, wie der Tourismus die Umwelt zerstört.*»

Im Zug nach Hause wird die Grenze zwischen Realität und Fantasie noch fließender. Das monotone Rattern der

Schienen und die stumpfen Gespräche um sie herum verschwinden langsam, und in ihrem Kopf beginnen die Szenen sich zu bilden. *Sie sieht Michael auf einem Gletscher stehen, irgendwo in der Arktis. Er ist konzentriert, fast besessen. Mit einer Art kindlicher Begeisterung nimmt er Proben, notiert Zahlen und beobachtet, wie das Licht sich im Gletscher bricht. Die Luft ist kalt und klar, und doch fühlt sie sich voller Verheißung an. Der Schnee strahlt, das Licht bricht sich im Gletscher, als ob die Erde selbst ihm ihre Geheimnisse verraten will. Dann – ein leises Knirschen. Ein Riss zieht sich durch das Eis. Michael bleibt stehen, der Körper angespannt, das Geräusch wird lauter. Es ist zu spät. Der Gletscher gibt nach. Lena sieht ihn fallen, hört das Echo des Schreis, das im endlosen Weiß der Arktis verschwindet. Dann Stille.*

Die Szene wechselt: Anna steht am Fenster ihrer kleinen Wohnung. Das Licht ist gedämpft, der Raum kühl. Sie hat gerade den Anruf erhalten. Ihr Gesicht bleibt regungslos, doch ihre Hände klammern sich um das Telefon, als wäre es das Letzte, was sie noch hält.

Lena schaudert. Die Tragik fühlt sich zu real an. Sie legt den Stift weg und massiert ihre Schläfen. «Nein», murmelt sie, «das ist zu viel. Das kann ich ihnen nicht antun.»

Doch Lenas Gedanken springen schnell weiter, als hätten sie sich von der Schwere des Moments befreit. *Sie sieht Anna und Michael plötzlich in einer ganz anderen Rolle: als Spione.*

«Natürlich», denkt sie sarkastisch. «Ein internationales Abenteuer – warum nicht? Das wäre doch eine spannende Geschichte für ein Buch, abwechslungsreich, spannend, voller Action, das könnte passen.»

Die Szene in ihrem Kopf verändert sich: *Michael und Anna stehen Seite an Seite, bewaffnet mit Hightech-Gadgets, irgendwo tief in der Arktis.* Michael spricht in ein Funkgerät, sein Gesicht ernst. «*Die Werte hier sind nicht normal. Wir sind auf etwas Großem.*»
Anna zückt eine Karte, auf der geheime Tunnelsysteme eingezeichnet sind. «*Wir müssen da rein, bevor sie uns entdecken.*»

Lena lächelt über die Absurdität. *Sie sieht, wie die beiden durch eine halsbrecherische Verfolgungsjagd auf Skidoos entkommen, verfolgt von finsteren Gestalten, die in Schwarz gekleidet sind. Es gibt Explosionen, dramatische Musik, und natürlich den obligatorischen Moment, in dem Anna Michael in letzter Sekunde rettet, bevor eine riesige Eiswand zusammenbricht.*
«Unfug», murmelt Lena lachend, während sie die Szene in ihrem Kopf weiterdreht. «Aber Spaß macht's.»
Es ist spät, als Lena die Gedanken an Anna und Michael zur Seite schiebt. Sie sitzt noch immer am Küchentisch, das Licht ist warm und beruhigend. Draußen fällt leiser Regen, der gegen die Fenster prasselt.
«Anna und Michael brauchen eine Handlung», denkt sie. «Aber was für eine? Etwas zwischen den Extremen. Nicht so melodramatisch wie der Gletscherbruch. Nicht so abgedreht wie das Spionageabenteuer.»
Doch trotz ihrer Zweifel merkt Lena, dass beide Szenarien etwas in ihr ausgelöst haben. Der Gletscherbruch hat sie an die Zerbrechlichkeit des Lebens erinnert, an die Tragik von Abschieden. Das Spionageabenteuer hingegen hat ihre Lust auf das Spielerische, das Kreative entfacht.

Vielleicht, denkt sie, ist Michael gar nicht Gletscherforscher. Vielleicht ist er ja etwas ganz anderes.

Am nächsten Tag, im Büro, hört Lena ein Gespräch zwischen zwei Kolleginnen in der Teeküche.

«Hast du das mit der ISS gehört?» fragt eine, während sie sich einen Kaffee einschenkt. «Die Crew sollte längst zurück sein, aber die haben das Shuttle gestrichen. Jetzt müssen sie noch Monate da oben bleiben.»

Die andere Kollegin runzelt die Stirn. «Monate? Das klingt ja wie ein Gefängnis im All.»

«Irgendwie schon. Stell dir vor, monatelang von der Erde abgeschnitten zu sein. Alles, was du kennst, ist Lichtjahre entfernt.»

Lena bleibt kurz stehen, ihre Tasse in der Hand. Das Gespräch begleitet sie zurück an ihren Schreibtisch. Und als sie am Abend im Zug sitzt, schiebt sich die Idee in ihr Bewusstsein: Was, wenn Michael kein Gletscherforscher, sondern Astronaut wäre?

Lena stellt ihn sich vor. *Michael schwebt durch die engen Korridore der Internationalen Raumstation, seine Bewegungen ruhig und präzise. Um ihn herum treiben Werkzeuge, Klemmen und technische Geräte, die er behutsam in Position bringt.*

Dann sieht sie ihn an der Kuppel der Station, das Gesicht im weichen Licht des Erdblicks. Der blaue Planet unter ihm, das Glühen der Sterne im Hintergrund. Doch was sie sieht, ist nicht nur die Weite des Universums. Sie sieht auch die Einsamkeit, die ihn umgibt. Inmitten all der Sterne ist er doch allein. Die Vorstellung trägt Lena weiter: Michael nimmt eine Videobotschaft auf, die er

Anna schickt. In seiner Stimme liegt eine Mischung aus Wärme und Melancholie.

«Anna», beginnt er, «ich weiß, es ist nicht einfach. Noch ein Monat hier oben. Aber es ist wunderschön. Manchmal sitze ich hier und denke, wie klein alles ist. Wie wir uns so viel aufregen, über Dinge, die im großen Ganzen nichts bedeuten. Und dann sehe ich die Sterne, und sie sind einfach da – ewig, unberührt.»

Lena spürt, wie Anna diese Nachricht hört, wie ihre Augen glänzen. Doch was fühlt sie wirklich? Stolz? Sehnsucht? Zweifel? Wird sie dieses Leben mit Michael aushalten können?

Lenas Gedanken verschwimmen, die Szenarien in ihrem Kopf nehmen Formen an. *Sie stellt sich vor, wie Michael bei einem Außeneinsatz in der Schwerelosigkeit das Außenmodul repariert, während die Erde unter ihm immer kleiner wird. Ein Alarm ertönt – Trümmerteile rasen auf die Station zu. Doch es ist zu spät, um ihn zu retten.*

«Nein», murmelt sie, «zu tragisch.»

Und sie verändert die Handlung: «Was, wenn Michael gar nicht der Held ist? Was, wenn Anna die zentrale Figur wird?»

Jetzt sieht sie Anna in einer ganz anderen Rolle. Sie ist Teil des Bodenteams, eine Missionsspezialistin der NASA. In einem Kontrollraum voller Bildschirme gibt sie Michael und seiner Crew Anweisungen. Ihre Stimme ist ruhig und professionell.

«Michael, du musst jetzt Rotationssequenz Alpha ausführen.»

Michael antwortet sarkastisch: «Das heißt 'Rotation Z'. Ich dachte, du kennst das Handbuch.»

Ein Lächeln bricht aus. Die Spannung zwischen ihnen ist spürbar, doch die Arbeit überwiegt die Emotionen.

Später, nach der Mission, sieht sie sie wieder: Anna und Michael im Kontrollzentrum, tauschen Blicke, die mehr sagen als Worte. Vielleicht ein erster Kuss, heimlich, hinter der glänzenden Fassade ihrer Professionalität.

Lena lehnt sich zurück. Ihre Gedanken schweifen zurück zu den Sternen. Wie muss es wohl sein, so nahe an der Unendlichkeit zu sein?

Sie greift nach ihrem Notizbuch. Schon vor Monaten hatte sie einige Fakten aus dem All gesammelt, als sie für einen Artikel recherchierte. Lena blättert durch die Seiten und findet schnell die Notizen, die sie damals gemacht hat.

«Wie muss es sich anfühlen, dort oben zu sein?», murmelt sie und überfliegt die Zahlen.

«Proxima Centauri», liest sie laut. «4,24 Lichtjahre entfernt – das sind fast 40 Billionen Kilometer. Selbst die schnellste Raumsonde, die je gebaut wurde, würde 6.400 Jahre brauchen, um diesen Punkt zu erreichen.»

Lena lässt den Stift auf das Papier sinken und schließt kurz die Augen. Die Vorstellung ist überwältigend. Wie fühlt es sich an, sich inmitten einer solchen Weite zu befinden?

Weiter liest sie in ihren Notizen: «Auf der ISS ist man 400 Kilometer über der Erde – und diese 28.000 Kilometer pro Stunde schnelle Reise um unseren Planeten sorgt dafür, dass man die Sonne immer wieder neu auf- und untergehen sieht, 16-Mal am Tag.» Lena kann sich kaum vorstellen, wie sich der Tag dort oben anfühlen muss – wie ein ewiger Kreislauf, der keinen richtigen Anfang und kein Ende hat.

Die Distanzen im Universum sind schier unfassbar. Der Kosmos selbst ist über 13 Milliarden Jahre alt, und die ältesten Galaxien, die man beobachten kann, sind mehr als 13 Milliarden Lichtjahre entfernt. Manche dieser Sterne könnten längst erloschen sein, doch ihr Licht ist noch unterwegs, auf einer Reise, die niemals endet.

Lena bleibt mit der Hand über dem Notizbuch stehen. Wie sehr das Gefühl, im Weltall zu sein, von der unendlichen Weite geprägt ist – von der endlosen Dunkelheit, die gleichzeitig voller Geheimnisse steckt. Vielleicht ist es das, was Michael von der ISS aussieht. Eine Leere, die aber niemals wirklich leer ist.

«Es muss beängstigend sein,» denkt sie, «diese Unermesslichkeit vor Augen zu haben. Und dann immer wieder die Erde, die sich unter dir dreht, weit entfernt, aber gleichzeitig so nah.»

Sie blättert weiter und liest von der Strahlung im All. Die kosmische Strahlung ist auf der ISS etwa 200-mal stärker als auf der Erde. Zwar reicht diese Strahlung nicht aus, um sofort gefährlich zu werden, aber auf lange Sicht stellt sie ein Risiko dar. Lena fühlt sich plötzlich klein, als sie sich vorstellt, wie Michael – und alle anderen Astronauten – diesem unsichtbaren, doch allgegenwärtigen Risiko ausgesetzt sind.
Sie schließt das Notizbuch und legt es zur Seite.

«Es muss eine unglaubliche Erfahrung sein, in einem so winzigen Raumschiff auf die Unendlichkeit zu blicken», denkt sie. «Und doch sind es die kleineren Dinge, die einen halten – die Menschen, die man liebt, die Erde, die Heimat. Vielleicht ist es genau das, was Michael immer wieder zur Erde zurückzieht: Nicht das All, sondern die Verbindungen, die er auf der Erde hinterlässt.» Lena schließt die Augen, und für einen Moment fühlt es sich an, als würde sie selbst in diesem unendlichen Weltraum schweben. Aber dann kehrt sie zurück – zu Anna, zu Michael, zu den Verbindungen, die sie mit der Erde und den Menschen auf dieser teilen kann.

Kapitel 5: Gedanken, die Wellen schlagen

Über einem weiteren Eintrag in ihrem Notizbuch bleibt sie stehen. In ihrer krakeligen Schrift steht: «Ein Falterschlag in Norwegen kann ein Erdbeben in Honduras auslösen.»

Lena lächelt, erinnert sich an die Tage, an denen sie solche Sätze einfach notierte, ohne wirklich darüber nachzudenken. Aber heute hält sie inne. Was hatte sie damals damit gemeint? Eine naive Metapher? Oder steckt mehr dahinter?

Neugier treibt Lena an. Ihr Laptop ist schnell geöffnet, und sie beginnt, das Internet nach Antworten zu durchforsten. Der Begriff Schmetterlingseffekt taucht immer wieder auf, begleitet von Diagrammen und wissenschaftlichen Abhandlungen.

«Chaos-Theorie», murmelt Lena, ihre Augen überfliegen einen Artikel. «Kleine Ursachen können massive Wirkungen haben. Ein winziger Unterschied in den Anfangsbedingungen kann das gesamte Ergebnis eines Systems verändern.»

Sie klickt sich weiter, tiefer, die Worte auf dem Bildschirm verschwimmen fast:
- Luftbewegungen beeinflussen Wetterströmungen.
- Komplexe Systeme und Unvorhersehbarkeit.
- Die Welt ist ein Netz von Wechselwirkungen.

Lena lehnt sich zurück, den Kopf voller Gedanken. «Wenn das für das Wetter gilt, warum nicht auch für das Leben? Für Menschen?» Eine neue Frage keimt auf:

«Was ist, wenn unsere Gedanken ähnliche Auswirkungen haben?»

Ein Klick führt sie tiefer in die Materie. Der Bildschirm zeigt Artikel und Begriffe, die ihr bekannt vorkommen, und doch scheinen sie plötzlich in einem neuen Licht zu stehen. Ein Titel sticht heraus: «Quantenphysik und das Netz der Wirklichkeit».

Sie liest weiter, fasziniert von einem Konzept, das ihren bisherigen Gedanken eine völlig neue Dimension verleiht. Es geht um Quantenverschränkung: «Zwei Teilchen, die einst miteinander interagiert haben, bleiben für immer verbunden – unabhängig von der Entfernung zwischen ihnen. Eine Veränderung an einem Teilchen wirkt sich sofort auf das andere aus.»

Lena blinzelt. «Verbunden, egal wie weit entfernt? Das klingt, als hätte die Natur selbst das Konzept der Entfernung abgeschafft.»

Ein anderer Begriff springt ihr ins Auge: der Beobachtereffekt. «In der Quantenwelt beeinflusst allein die Tatsache, dass ein Experiment beobachtet wird, den Ausgang dieses Experiments. Der Akt der Beobachtung verändert die Realität.»

Lenas Atem wird flacher. «Warte mal …» murmelt sie und greift nach einem Stift, um das neu Gelernte zu ordnen. «Unsere Gedanken, unsere Aufmerksamkeit – sie verändern, was passiert?»

Sie erinnert sich an eine Szene, die sie einmal in einem Dokumentarfilm gesehen hat: Ein einzelnes Photon, das durch zwei Spalten geschossen wurde. Wenn niemand hinsah, verhielt es sich wie eine Welle, breitete sich aus, als hätte es unendliche Möglichkeiten. Aber sobald jemand hinsah, wählte es einen klaren Weg – es war nur noch ein Punkt.

Unendliche Möglichkeiten. Aber nur eine Wirklichkeit, sobald wir hinschauen. «Heißt das, dass unsere Gedanken und unser Fokus das Universum formen?» Ihre Worte sind leise, fast ein Flüstern. Sie spürt, wie ihre Fantasie mit den wissenschaftlichen Konzepten verschmilzt.

Lenas Suche führt sie weiter. Sie stößt auf eine Analogie, die sie innehalten lässt. «Das Universum ist wie ein riesiges Netzwerk», liest sie. «Alles ist miteinander verbunden – wie Knotenpunkte in einem Spinnennetz. Eine Bewegung an einer Stelle kann Wellen durch das gesamte Netz senden.» Das erinnert sie an den Schmetterlingseffekt. Aber diesmal ist der Maßstab unermesslich größer. «Was, wenn nicht nur physische Aktionen, sondern auch Gedanken Teil dieses Netzwerks sind?» Ein neuer Gedanke beginnt sich in ihr zu formen. «Wenn Quantenphysik beweist, dass jede kleinste Einheit miteinander verbunden ist, sind dann auch wir – unsere Entscheidungen, unsere Emotionen – Teil dieses Systems?»

Lena stützt das Kinn auf ihre Hand. «Vielleicht», denkt sie, «sind wir nicht nur Zuschauer. Vielleicht beeinflussen wir die Welt um uns herum, jeden Tag, jede Sekunde – allein dadurch, dass wir existieren und denken. «Deshalb also das Gefühl, nur eine Rolle im eigenen Leben zu spielen» denkt sie und schliesst auf ihre eigenen Gefühle.

Ihr Blick fällt auf einen weiteren Artikel. Dort heißt es, dass die Realität auf subatomarer Ebene nicht festgelegt ist, bis sie gemessen oder beobachtet wird. «Wir erschaffen Wirklichkeit, indem wir sie betrachten», murmelt sie. Die Idee ist überwältigend und fühlt sich doch intuitiv richtig an. Lena fragt sich, wie oft sie selbst durch ihre Gedanken vielleicht unbewusst kleine, aber bedeutende Veränderungen herbeigeführt hat.

Diese Gedanken lassen Lena nicht mehr los, während sie den verbrannten Käse aus dem Toaster kratzt. Die Spachtel in der Hand, die Augen auf die Krümel gerichtet, die sich weigern, abzugehen, denkt sie: «Bin ich das? Ein Mensch, der in seinem eigenen Netz aus Gedanken feststeckt? Der selbst kleine Krümel nicht loslassen kann?»

Der Geruch von verbranntem Käse erfüllt die Küche, und sie lacht kurz. «Kleine Ursachen, große Wirkungen», murmelt sie. Wenn sie nicht so in ihre Gedanken versunken gewesen wäre, hätte sie den Toast rechtzeitig herausgenommen.

Ein winziger Moment der Unachtsamkeit, und schon ist das Frühstück ruiniert. Das Prinzip, das sie gerade in der Theorie entdeckt hatte, beginnt sich überall in ihrem Leben zu zeigen. War es nicht genauso mit den Entscheidungen, die sie in der Vergangenheit getroffen hatte? Dinge, die damals unbedeutend erschienen – ein Job, den sie annahm, weil er gerade da war; eine Beziehung, die sie begann, ohne nachzudenken, ob sie wirklich passte?

Sie stellt den Toaster ab, legt die verkohlte Scheibe in den Müll und greift zu einer neuen Scheibe Brot. Ihr Blick fällt auf die halb offene Küchentür. Draußen regnet es, und die Tropfen schlagen gegen das Fenster. «Was, wenn jeder dieser Tropfen in einem unendlichen Netz von Ursache und Wirkung steckt? Jeder Tropfen verändert das Meer, das Meer verändert den Himmel, der Himmel verändert uns.»

Lena wird von einem Gefühl der Verantwortung übermannt. «Wenn das alles stimmt, wenn meine Gedanken und Handlungen wirklich Wellen schlagen, bin ich dann schuld, wenn etwas schiefgeht?»

Sie erinnert sich an Michael. In ihrem Kopf sieht sie ihn noch immer in der Arktis, wie er Proben nimmt, oder auf der Raumstation, das All betrachtend. Hatte sie ihn erschaffen, weil sie jemanden brauchte, der die Weite aushält? Jemanden, der sich traut, dorthin zu gehen, wo sie selbst nie wagen würde?

Und Anna? Sie spürt eine leise Scham, als sie an Anna denkt. War Anna nur ein Echo ihrer eigenen Zweifel gewesen? Ein Spiegel für ihre Ängste und ihre Suche nach Halt?

«Vielleicht sind sie genauso real wie der verbrannte Käse», murmelt sie. «Nur auf eine andere Weise.»

Die Erkenntnis trifft sie unerwartet. Sie hatte so sehr versucht, Anna und Michael in Geschichten zu formen, ihnen Bedeutungen zu geben, Abenteuer, die größer waren als das Leben. Doch was war mit ihrem eigenen Leben? War es nicht genauso wertvoll, genauso voller kleiner Schmetterlingsflügel, die den Lauf der Dinge verändern könnten?

Sie beißt in den neuen Toast, der diesmal perfekt gelungen ist. Vielleicht geht es nicht darum, die ganze Welt zu verändern, denkt sie. Vielleicht geht es darum, mein eigenes Netz zu verstehen. Zu sehen, wo ich stehe, welche Fäden ich ziehe, bewusst oder unbewusst. Lena schaut auf ihren Teller, auf den perfekt gebräunten Toast, und lacht leise. «Vielleicht ist das Universum weniger kompliziert, als ich dachte», überlegt sie. «Oder vielleicht ist es komplizierter, aber nicht auf die Art, die mich lähmen muss.»

Sie steht auf, schiebt den Stuhl zurück und geht zum Fenster. Der Regen hat nachgelassen, die Tropfen am Glas beginnen zu trocknen. Der Himmel ist noch wolkenverhangen, aber am Horizont lässt sich ein heller Streifen erahnen. «Es fängt alles hier an», flüstert sie. «Mit dem, was ich denke. Mit dem, was ich tue.»

Ein leises Klingeln ertönt aus dem Wohnzimmer – eine neue Nachricht auf ihrem Handy. Für einen Moment will sie nicht nachsehen, will den Gedanken, den sie gerade hält, nicht loslassen. Aber dann dreht sie sich doch um. Sie hat das Gefühl, dass sie bereit ist – bereit, die Fäden in ihrem Netz zu erkennen. Vielleicht nicht alle gleichzeitig, aber Stück für Stück. Lena greift nach ihrem Handy und öffnet die Nachricht. Der Absender: Anna. Die Worte sind kurz, fast beiläufig: *«Komm vorbei, wenn du willst. Ich hab' Pizza und ein offenes Ohr.»* Sie hält inne. Ein Gedanke keimt in ihr auf: Vielleicht sind es nicht nur meine Gedanken, die Wellen schlagen. Vielleicht sind wir alle ein Teil eines größeren Netzwerks – und helfen einander, weiterzukommen. Mit einem kleinen Lächeln auf den Lippen legt sie das Handy zur Seite, greift nach ihrer Jacke und tritt hinaus in die feuchte Luft. Lena spürt die kühle Nachtluft, als sie die Tür hinter sich schließt. Der Regen hat die Welt frisch gewaschen, und die Straßen schimmern im Licht der Laternen. Sie zieht die Jacke enger um sich, aber ihre Gedanken fliegen frei. «Vielleicht haben wir alle unser eigenes Universum», denkt sie. Ein Netz aus Erinnerungen, Träumen, Ängsten. Und vielleicht, wenn wir sie teilen, wenn wir einander verstehen, verbinden sich diese Netze und werden stärker.

Der Gedanke an Anna fühlt sich jetzt wärmer an, ein Faden, der sie zurück in eine vertraute Nähe zieht. Und irgendwo da draußen, in einer anderen Welt – oder zumindest fühlt es sich so an – ist Michael. Ein Knotenpunkt in ihrem Netz, der vielleicht ebenso stark mit ihr verbunden ist wie sie mit ihm.

Lena lächelt in die Dunkelheit. «Es ist ein kleiner Schritt», denkt sie, aber vielleicht verändern die kleinen Schritte das Leben genauso wie ein Falterschlag die Welt.

Kapitel 6: Jeder Gedanke löst ein Gefühl aus

Es war wieder einer dieser ruhigen Morgen. Der Regen hatte in der Nacht aufgehört, aber die Welt schien noch immer in einem zarten Dämmerlicht gehüllt. Lena saß am Fenster, ihren Kaffee in der Hand, den Blick auf den Garten gerichtet, der immer noch den Duft von frischem Regen in der Luft trug. Aber diesmal war etwas anders. Sie spürte eine gewisse Klarheit in sich, als hätte sich eine neue Ebene ihres Verständnisses geöffnet.

Langsam legte sie die Tasse ab und griff nach ihrem Notizbuch. Schon wieder ein Eintrag – ein neuer Gedanke, der in ihrem Kopf wie ein unaufhörlicher Strom von Gedanken und Gefühlen wirbelte. Sie hatte den Satz aufgeschnappt und wusste sofort, dass er mehr bedeutete, als sie zunächst dachte:

«Jeder Gedanke kreiert ein Gefühl – Gefühle sind Emotionen und Emotionen sind nichts anderes als 'Energy in Motion'.»

Lena blinzelte und las die Worte erneut. Sie hatte sich auch schon mit den Auswirkungen ihrer Gedanken beschäftigt, aber dieser Satz brachte alles in ein neues Licht. «Energie in Bewegung». Das war es, was Emotionen ausmachten, oder? Keine statischen Dinge, sondern lebendige Ströme, die durch den Körper flossen, je nachdem, welche Gedanken man in den Raum stellte.

«Also», dachte sie laut, «beeinflussen meine Gedanken meine Energie und somit zweifelsfrei mein Wohlbefinden. Wenn ich also meine Gedanken ändere, kann ich mein Wohlbefinden beeinflussen.»

Eine seltsame Erleichterung durchflutete sie, als sie den Gedanken weiterverfolgte. Es war, als hätte sie endlich einen Schlüssel zu einem Schloss gefunden, das sie so lange nicht öffnen konnte. Es war nicht nur die äußere Welt, die ihre Gefühle beeinflusste – es war vor allem die innere Welt. Ihre Gedanken waren die Ursache für alles, was sie empfand.

In diesem Moment erinnerte sie sich an Anna und Michael. An die Gespräche, die sie mit ihnen geführt hatte. Sie hatten ihr gezeigt, wie sehr sie sich von den Gedanken, die sie über sich selbst hatte, gefangen nehmen ließ. Ihre Reise, ihre Geschichten, waren nicht einfach nur Ablenkung. Nein, sie hatten Lena auf eine neue Art des Denkens gebracht. Sie waren wie leise Impulse, die die Strömungen ihrer eigenen inneren Welt verändert hatten.

Anna hatte sie mit ihrer unerschütterlichen Liebe zur Kunst und zum Leben inspiriert. Michael, mit seiner unaufhörlichen Neugierde und seiner Entschlossenheit, das Unbekannte zu erforschen, hatte in ihr den Wunsch geweckt, ebenfalls nach mehr zu streben. Sie hatten ihr gezeigt, dass es immer möglich war, sich von alten Mustern zu befreien, die eigene Perspektive zu verändern und neue Wege zu gehen. Lena spürte, dass diese Impulse nicht umsonst gewesen waren. Sie hatten ihren Platz in ihrem Leben, hatten ihr geholfen, die eigene innere Freiheit zu entdecken.

«Vielleicht war die Enttäuschung, die ich gefühlt habe, gar nicht so schlimm», dachte sie. «Vielleicht war es nur ein weiterer Schritt auf diesem Weg. Ein Schritt, um wirklich zu begreifen, was es bedeutet, Verantwortung für das eigene Wohlbefinden zu übernehmen.»

Mit einem Lächeln auf den Lippen griff sie nach dem Laptop und öffnete eine neue Seite. Die Worte flossen leicht, fast wie von selbst. Sie begann, ihre Gedanken zu ordnen, die Energie in Bewegung zu setzen. Jeder Gedanke, den sie aufschrieb, fühlte sich wie ein kleiner, aber kraftvoller Pinselstrich, der ihr Bild von sich selbst und der Welt ein Stück klarer machte.

Es war, als würde sie endlich lernen, das Netz ihrer eigenen Gedanken und Emotionen zu verstehen. Sie spürte, dass sie die Fähigkeit hatte, ihre Realität zu gestalten. Ein kleiner Gedanke konnte eine große Veränderung auslösen. Und wenn sie ihre Gedanken in eine positive Richtung lenken konnte, würde das auch ihre Energie verändern – und damit ihr Leben.

Sie blinzelte und schloss kurz die Augen. Es war erstaunlich, wie leicht sich ihre Perspektive verändert hatte. In diesem Moment wusste sie, dass der Schlüssel zu allem in ihrer Hand lag. Ihre Gedanken – ihre Energie – waren der Ursprung.

Und irgendwo, da draußen, würden auch Anna und Michael in ihren eigenen Netzwerken von Gedanken und Emotionen weiterhin ihre Spuren hinterlassen. Lena wusste, dass sie Teil dieser Reise war, dass sie sich gegenseitig in Bewegung gesetzt hatten, ohne es vielleicht je wirklich zu wissen. Aber die Verbindungen waren da. Und genau das, dachte sie, machte die Reise so wertvoll.

Lena stand auf, ging zum Fenster und atmete tief die frische Luft ein. Ein neuer Tag begann, und sie fühlte sich bereit, ihn in vollen Zügen zu leben. Sie hatte das Gefühl, dass sie auf dem richtigen Weg war – nicht nur zu sich selbst, sondern auch zu einer neuen Art von Freiheit.

Vielleicht war es nicht so sehr die äußere Welt, die verändert werden musste, sondern vielmehr das, was in ihr selbst geschah. Und vielleicht, dachte sie, war dies die wahre Bedeutung von Wohlbefinden: die bewusste Entscheidung, in die Energie zu treten, die man selbst erschafft.

Das Bild von Anna und Michael war immer noch präsent, wie ein leiser Wind, der durch ihre Gedanken strich und sie zu etwas Neuem antrieb. Sie hatte verstanden, dass ihre Realität von ihren Gedanken geprägt wurde. Aber wie konnte sie diese Gedanken wirklich verändern? Wie konnte sie sich aus den Fesseln alter Muster befreien?

«Es ist nicht nur, was ich denke», dachte Lena, «sondern wie ich es denke.»

Sie legte den Becher auf den Tisch und schloss für einen Moment die Augen. Es gab eine Zeit, in der ihre Gedanken von Unzufriedenheit und Enttäuschung beherrscht wurden. Eine Zeit, in der sie sich fragte, warum ihr Leben so verlief, wie es verlief. Die Beziehung zu ihrem Ex-Mann war ein ständiges Hin und Her gewesen, von Liebe zu Frustration, von Nähe zu Distanz. Sie erinnerte sich an die Tage, an denen sie sich völlig verloren fühlte, als ob sie sich selbst nicht mehr kannte.

Es war einfach, sich in diesen Gedanken zu verlieren. Die ständigen Fragen, die ständigen Zweifel: «Warum hat es nicht funktioniert? Warum habe ich nicht gesehen, was wirklich wichtig war?» Diese Fragen hatten sie lange begleitet und sie immer wieder in denselben Kreis geführt.

«Aber was wäre, wenn diese Gedanken nicht die Wahrheit sind?», fragte sie sich plötzlich. «Was, wenn ich die Bedeutung dieser Ereignisse selbst bestimmen kann? Was, wenn sie nicht das Ende, sondern ein Anfang sind?»

Lena öffnete die Augen und sah sich in ihrem Wohnzimmer um. Die Möbel, die Bilder an der Wand – alles schien so vertraut. Doch ihr Blick blieb bei einem alten Foto hängen. Es zeigte sie, ihren Ex-Mann und ihre Kinder – vor vielen Jahren, an einem Sommernachmittag. Sie sah sich selbst in einer Zeit, als sie dachte, dass sie alles unter Kontrolle hatte, als die Familie noch zusammen war. Aber jetzt, aus der Perspektive der Gegenwart, wusste sie, dass das Bild nur einen Moment in einer viel längeren Geschichte darstellte.

«Warum habe ich so lange an dieser Geschichte festgehalten?», fragte sie sich. «Warum habe ich diese Gedanken immer wieder zugelassen, die mir sagten, dass es ein Fehler war, dass ich versagt habe?»
Die Antwort war so einfach wie tief: Weil sie es so gelernt hatte. Lena hatte das Gefühl, dass sie in ihrer eigenen Geschichte gefangen war. Die Gedanken über ihren Ex-Mann, die Fehler, die sie gemacht hatte, die Missverständnisse, die immer wieder in ihrer Beziehung aufgetaucht waren – all das war Teil des Narrativs, das sie sich selbst erzählt hatte. Es war eine Geschichte, die sie immer wieder wiederholte, ein Kreis, den sie nicht durchbrechen konnte.
Doch jetzt verstand sie, dass dieser Kreis nur durch ihre eigenen Gedanken existierte. Sie hatte es nie geschafft,

wirklich loszulassen, weil sie immer noch an der alten Geschichte festhielt. Aber was, wenn sie diese Geschichte umschreiben konnte?

«Was wäre, wenn ich die Beziehung zu meinem Ex-Mann nicht als Versagen sehe, sondern als einen wertvollen Teil meiner Reise?», überlegte Lena. «Was wäre, wenn ich die Enttäuschung als eine Chance betrachte, zu lernen und zu wachsen?»

Mit einem tiefen Atemzug griff sie nach einem Stift und begann, auf einem Blatt Papier zu schreiben:

«Die Zeit mit meinem Ex-Mann war nicht einfach. Aber sie hat mich etwas sehr Wichtiges gelehrt – sie hat mir gezeigt, wie wichtig es ist, auf meine eigenen Bedürfnisse zu hören, wie wichtig es ist, für mich selbst einzustehen. Ja, es gab Schmerz, ja, es gab Enttäuschung. Aber ich habe auch viel darüber gelernt, wie ich mich selbst wiederfinden kann, wenn ich mich verloren fühle.»

Lena legte den Stift nieder und las, was sie geschrieben hatte. Etwas in ihr fühlte sich leichter an. Es war nicht perfekt – sie hatte nicht alle Antworten, und es gab noch viele ungelöste Fragen in ihrem Leben. Aber sie hatte einen neuen Blickwinkel eingenommen. Sie hatte die Geschichte nicht negiert, aber sie hatte ihre Bedeutung neu definiert. Sie hatte den Schmerz nicht ausgelöscht, aber sie hatte ihn als Teil ihrer Heilung und ihres Wachstums akzeptiert. Und dann kam der Gedanke an ihre Kinder. Die Beziehung zu ihnen war anders, aber auch hier hatte sie die Kontrolle über ihre Gedanken. Ihre Kinder waren groß geworden, ihre eigene Reise war nicht immer einfach gewesen. Es gab Momente, in denen sie sich schuldig fühlte, als Mutter nicht genug gewesen zu sein. Aber sie wusste jetzt, dass diese

Gedanken nur eine Art der Bewertung waren, die sie selbst ihrem eigenen Leben auferlegt hatte.

«Ich habe mein Bestes gegeben», dachte sie. «Ich habe mein Bestes gegeben, auch wenn ich manchmal nicht wusste, was das Beste war.»

Lena stand auf und ging zum Fenster. Die Sonne war durch die Wolken gebrochen, und das Licht brach sich in den Wassertropfen der Fenster. Es war, als würde die Welt sich für einen Moment im neuen Licht zeigen – genauso wie sie es gerade tat. Sie fühlte, dass sie in diesem Moment nicht nur ihre eigene Geschichte verstand, sondern auch die Geschichte der Menschen um sie herum. Sie hatte ihre Gedanken umgeformt, sie hatte begonnen, die Bedeutung ihrer Erfahrungen selbst zu bestimmen.

«Ich bin nicht die Summe meiner Fehler», sagte sie leise zu sich selbst. «Ich bin die Summe meiner Entscheidungen, meiner Reflexionen und meiner Bereitschaft, mich zu verändern.»

Lena fühlte sich innerlich befreit. Die alte Geschichte war nicht das, was sie von ihr machte, sondern was sie daraus machte. Sie war die Autorin ihrer eigenen Erzählung. Und dieser neue Abschnitt, in dem sie nun stand, war der Anfang von etwas, das sie selbst noch nicht ganz verstand – aber sie wusste, dass es viel heller war als der dunkle Schatten, der früher über ihr Leben gehangen hatte.

«Vielleicht», dachte sie, «ist es Zeit, die Geschichte neu zu schreiben.»

Kapitel 7: Begegnung mit dem inneren Kind

«Warum reagiere ich so stark, wenn jemand etwas sagt, was eigentlich gar nicht so schlimm ist?», fragte sie sich, während sie auf eine ihrer letzten Notizen starrte: «Jeder Gedanke ist eine Emotion. Emotionen sind 'Energy in Motion'.»

Sie blätterte weiter, fand die Sätze, die sie von Anna und Michael aufgeschrieben hatte, und las sie wieder. Besonders Michaels Worte hatten sich in ihr festgesetzt: *«Unsere Gedanken sind der Schlüssel. Sie lenken die Energie, die unsere Realität bestimmt»*. Dabei fiel ihr ein Interview mit einer bekannten Psychologin ein, das sie früher mal geführt hatte und suchte ihre Notizen dazu: «Unser Denken wird stark von inneren Glaubensmustern und emotionalen Prägungen beeinflusst, die durch das 'innere Kind' geformt wurden . Verletzungen des inneren Kindes können sich in übermäßigen Selbstzweifeln oder impulsiven Reaktionen äußern. Therapeutische Ansätze wie die Arbeit mit dem inneren Kind helfen, diese unbewussten Muster bewusst zu machen, alte Verletzungen zu heilen und eine liebevolle Beziehung zu sich selbst aufzubauen».

«Ja, die Gedanken...» dachte sie, «Aber wo kommen diese Gedanken her? Warum sind sie manchmal so schwer zu kontrollieren? Reichen die Wurzeln des Denkens tatsächlich bis zurück in die eigene Kindheit?»

Sie legte das Notizbuch ab und lehnte sich zurück. Ihr Blick wanderte zum Fenster, wo die Sonne die letzten Tropfen des Regens reflektierte. Doch in ihrem Inneren fühlte sie sich noch immer von den alten Gedanken und Gefühlen gefangen. Es war wie ein Schatten, der sie immer wieder verfolgte.

Lena legte den Stift kurz beiseite und schloss für einen Moment die Augen. Sie dachte an das, was sie gerade gelesen hatte. Sie erinnerte sich an die Momente, als sie als Kind das Gefühl hatte, nicht genug zu sein. An die vielen Male, als sie nach Anerkennung suchte und enttäuscht wurde, weil sie diese nicht fand. Vielleicht hatte sie das Gefühl, dass ihre Bedürfnisse nie wirklich gehört wurden, nie wirklich gesehen. Und vielleicht, dachte sie, sind es genau diese nicht erfüllten Bedürfnisse, die die Auslöser in ihrem Leben sind, die immer wieder auftauchen – immer dann, wenn sie sich ungesehen oder missverstanden fühlt.

«Aber...», flüsterte Lena, als ein neuer Gedanke sich in ihrem Geist formte, «was, wenn das Kind in mir damals ein Muster entwickelt hat, um mit diesen Gefühlen umzugehen? Ein Muster von Abwehr, von Vermeidung oder vielleicht auch von ständiger Suche nach Bestätigung?»

Lena runzelte die Stirn. «Diese Muster... die könnten in mir weiterbestehen, obwohl ich längst Erwachsen bin. Obwohl sich meine Bedürfnisse doch verändert haben.»

Es war eine unerwartete Erkenntnis: Das Kind in ihr hatte Abwehrmechanismen entwickelt, die es damals brauchte, um zu überleben, um mit den Gefühlen von Ablehnung oder Unsicherheit umzugehen. Doch jetzt, als Erwachsene, hatte sie ganz andere Bedürfnisse. Sie brauchte nicht mehr die ständige Zuneigung und Bestätigung, wie damals. Ihre Bedürfnisse als erwachsene Frau waren viel komplexer – sie verlangte nach Unabhängigkeit, nach finanzieller Sicherheit, nach innerem Frieden.

«Warum also halte ich immer noch an den alten Reaktionen fest?», fragte sie sich. «Warum reagiere ich noch immer wie das verletzte Kind, wenn ich mich nicht gesehen fühle?»

Lena spürte, wie der Schleier der Erkenntnis immer klarer wurde. Die Verhaltensmuster, die sie als Kind entwickelt hatte, um sich zu schützen – vielleicht waren diese längst überflüssig. Vielleicht war es an der Zeit, sie abzulegen. Sie hatte es in der Hand, diese alten Schutzmechanismen loszulassen. Die Angst, nicht genug zu sein, der Drang nach ständiger Bestätigung – all das waren Verhaltensweisen, die sie als Erwachsene nicht mehr brauchte.

«Aber wie kann ich diese Muster erkennen? Und wie kann ich sie verändern?», fragte sich Lena. Die Antwort war nicht sofort klar, aber sie wusste, dass es ein Prozess war. Ein Prozess des Loslassens. Ein Prozess des Bewusstwerdens, dass sie als Erwachsene in einer völlig anderen Situation war, als damals das Kind. Sie hatte jetzt die Fähigkeit, ihre eigenen Bedürfnisse auf gesunde Weise zu erkennen und zu erfüllen. Sie konnte die alten Muster loslassen, die ihr das Gefühl gaben, immer wieder in die gleichen emotionalen Fallen zu tappen.

«Vielleicht», dachte sie, «muss ich lernen, die Bedürfnisse des Kindes in mir zu heilen, damit die erwachsene Lena die Kontrolle übernehmen kann. Und vielleicht, wenn ich das tue, werde ich die Muster erkennen und ablegen können, die mir nicht mehr dienen.»

Sie griff wieder nach dem Stift und schrieb:

«Die Bedürfnisse des Kindes in mir waren einfach – Liebe, Anerkennung, Geborgenheit. Aber als Erwachsene bin ich in der Lage, diese Bedürfnisse auf eine gesunde Weise zu erfüllen. Ich muss mich nicht mehr in alten Abwehrmechanismen verlieren. Ich darf loslassen. Es ist Zeit, die Muster der Vergangenheit abzulegen.»

Lena spürte eine sanfte Erleichterung. Die Erkenntnis, dass sie die alten Muster erkennen und verändern konnte, gab ihr eine neue Kraft. Vielleicht war dies der entscheidende Schritt, um die Kontrolle über ihre eigenen Reaktionen und ihr eigenes Wohlbefinden zurückzuerlangen. Sie hatte die Macht, sich selbst neu zu definieren – jenseits der schmerzhaften Prägungen aus ihrer Kindheit.

«Vielleicht», flüsterte sie, «sind es nicht die aktuellen Erlebnisse, die mich so erschüttern. Vielleicht sind es nicht die äußeren Dinge, die mich aus der Bahn werfen, sondern die tieferen, älteren Geschichten in mir, die immer wieder getriggert werden. Vielleicht sind es diese längst vergessen geglaubten Wunden, die sich immer wieder öffnen, wenn etwas passiert, das mich an sie erinnert.»

Lena sprang auf, suchte hastig nach ihrem Notizbuch und begann, zu schreiben. Ihre Gedanken flossen wie ein unkontrollierter Strom, als sie versuchte, die Verbindung zwischen ihren heutigen Reaktionen und den alten, längst vergrabenen Erlebnissen zu verstehen.

«Ich habe immer geglaubt, dass die Dinge, die mich heute verletzen, aus der aktuellen Situation kommen», schrieb sie. «Aber was, wenn es die Reize sind – die Auslöser – die mich an etwas in mir selbst erinnern? An ein kleines Mädchen, das sich verlassen und enttäuscht fühlte? Ein Mädchen, das nie gelernt hat, wie man richtig auf sich selbst aufpasst. Und jedes Mal, wenn ich mit einem solchen Auslöser konfrontiert werde, reagiere nicht die erwachsene Lena, sondern das kleine Mädchen, das immer noch in mir lebt.»

Lena atmete tief durch. «Es sind also nicht die äußeren Reize, die mich so aufwühlen. Es ist das, was sie in mir ansprechen. Ein Gefühl von Unvollständigkeit. Ein unheilendes Gefühl von Verlust und Angst. Etwas, das in den Schatten meiner Vergangenheit lebt.»

Sie erinnerte sich an den Dialog mit Anna, als sie von ihrer eigenen Kindheit gesprochen hatte. Anna hatte ihr erzählt, wie sie gelernt hatte, die Vergangenheit loszulassen, wie sie ihre eigenen Ängste und die Wunden, die sie mit sich trug, anerkennen und heilen konnte. «Vielleicht», dachte Lena, «ist das der nächste Schritt. Ich muss mich nicht nur mit meinen Gedanken auseinandersetzen, sondern auch mit den Erfahrungen, die tief in mir gespeichert sind – den Auslösern, die mich immer wieder zurückwerfen.»

Lena begann, die Notizen zu durchsuchen, die sie von Anna und Michael gemacht hatte. Sie blätterte zu den Seiten, auf denen sie von Michael über das «innere Kind» gelesen hatte. «Das innere Kind», dachte sie, «vielleicht ist es Zeit, dieses Kind in mir zu finden und ihm die Liebe zu geben, die es so lange vermisst hat.»

Lena schrieb weiter. Ich erinnere mich an die Momente, als ich als Kind das Gefühl hatte, nicht genug zu sein. An die vielen Male, als ich nach Anerkennung suchte und enttäuscht wurde, weil ich sie nicht fand. Vielleicht hatte ich das Gefühl, dass meine Bedürfnisse nicht gehört wurden. Und vielleicht sind es diese Auslöser, die immer wieder auftauchen, weil sie niemals wirklich verarbeitet wurden.

Lena hielt inne und ließ die Worte auf sich wirken. «Vielleicht kann ich jetzt das innere Kind in mir hören», dachte sie, «vielleicht ist jetzt der Moment, ihm zuzuhören, ihm zu vergeben und ihm die Fürsorge zu geben, die ich damals nicht hatte.»

Sie schloss das Notizbuch und stellte es auf den Tisch. Ihre Gedanken drehten sich weiter, aber jetzt mit einer neuen Klarheit. Es war nicht mehr nur eine Frage der Reaktionen auf äußere Ereignisse – es war eine tiefere Reise zu sich selbst. Die Auslöser, die sie so oft in die Vergangenheit zurückwarfen, hatten ihr etwas gezeigt, dass die wahre Heilung nicht in der Veränderung der äußeren Welt lag, sondern in der Umarmung des inneren Kindes und der Akzeptanz der eigenen Geschichte.

Kapitel 8: Zwischen den Welten

Lena saß wieder an ihrem Schreibtisch, das Notizbuch vor sich, die Tasten ihres Laptops in greifbarer Nähe. Doch etwas fühlte sich anders an. Sie hatte begonnen, ein Buch zu schreiben – ein Buch über Anna und Michael, über ihre Gespräche, ihre Lehren und ihre Reise zu sich selbst. Doch plötzlich fragte sie sich, wie viel von diesem Buch wirklich *ihres* war.

«Warum fühle ich mich immer noch so stark mit Anna und Michael verbunden?», dachte sie. «Warum finde ich mich in ihren Worten wieder, als wären sie ein Spiegel von mir?»

In den letzten Wochen hatte sie immer öfter ihre eigenen Gedanken in die Gespräche zwischen den beiden eingeflochten. Es war, als würden ihre eigenen inneren Konflikte, ihre Ängste und Hoffnungen, in den Dialogen zwischen Anna und Michael zum Leben erweckt werden. Sie hatte ihre eigenen Erfahrungen in ihre Worte eingewoben, hatte ihre Ängste in die Fragen von Anna und Michaels Antworten verpackt.

Lena legte den Stift beiseite und starrte auf die leeren Seiten. «Eigentlich wollte ich ein Buch über Anna und Michael schreiben. Aber es fühlt sich immer mehr an, als würde ich ihre Geschichte als Spiegel für meine eigene nutzen.» Die Gedanken überschlugen sich. Sie hatte die Hoffnung, dass das Schreiben ihr helfen würde, sich von ihrem inneren Chaos zu befreien, doch jetzt, während sie in den Worten der beiden versank, fühlte es sich an, als würde sie sich selbst immer weiter verlieren.

«Vielleicht», dachte sie, «geht es gar nicht darum, ein Buch zu schreiben. Vielleicht ist es nicht die Geschichte von Anna und Michael, die ich erzählen will. Vielleicht geht es darum, meine eigene Geschichte zu verstehen.

Die Geschichten von Anna und Michael sind nur ein Reflex, ein Projektor, der mein inneres Bild in die Welt hinauswirft.»

Lena erinnerte sich an die erste Zeit, als sie angefangen hatte, zu schreiben. Der Drang, ein Buch zu schaffen, war so stark gewesen – ein kreativer Impuls damals im Zug, der sie angetrieben hatte. Doch je mehr sie in die Geschichten von Anna und Michael eintauchte, desto mehr stellte sie fest, dass die Dringlichkeit des Schreibens von etwas anderem überdeckt wurde.

«Warum fühle ich diese Spannung?», fragte sie sich. «Warum will ich unbedingt ein Buch schreiben, aber gleichzeitig zieht es mich immer wieder in die Tiefe meiner eigenen Geschichte?»

Sie hatte das Gefühl, dass das Schreiben ihr half, das zu verstehen, was in ihr verborgen lag. Anna und Michael waren nicht nur Figuren, die sie erschaffen hatte. Sie waren zu einer Art Spiegel geworden, in dem sie sich selbst erkannte. Und die Geschichte, die sie zu schreiben glaubte, war nie wirklich die von Anna und Michael gewesen – es war ihre eigene.

Lena schloss das Notizbuch und lehnte sich in ihrem Stuhl zurück. Der Drang, ihre eigene Geschichte zu erzählen, war stärker als je zuvor. Es war nicht nur ein Buch, das sie schreiben wollte – es war die Reise zu sich selbst. Sie spürte, wie die Worte in ihr brodelten, wie sie darauf warteten, in eine Form gegossen zu werden, doch sie wusste auch, dass sie bereit sein musste, sich mit den ungelösten Teilen ihrer Vergangenheit auseinanderzusetzen, um diese Worte wirklich freizulassen.

«Vielleicht muss ich mich endlich von der Idee lösen, ein Buch über andere zu schreiben. Vielleicht muss ich die Geschichte von Anna und Michael loslassen, um meine eigene zu finden. Vielleicht ist es an der Zeit, mich endlich mit meiner eigenen Geschichte zu befassen.»

Lena stand auf und blickte aus dem Fenster. Die Welt draußen schien sich weiterzudrehen, während in ihr selbst ein Stillstand herrschte – eine Spannung zwischen der Sehnsucht, etwas Neues zu schaffen, und der Erkenntnis, dass der wahre kreative Prozess in der Auseinandersetzung mit ihrer eigenen Vergangenheit lag.

Vielleicht war dies der Moment, an dem sie nicht nur ein Buch schreiben sollte – sondern ihr Leben neu erzählen musste.

Lena hatte das Gefühl, dass der Moment gekommen war, ihre Zerrissenheit zu akzeptieren. Das ewige Hadern zwischen der Vorstellung, ein «fertiges» Buch zu erschaffen, und der wachsenden Erkenntnis, dass sie mit ihrer eigenen Geschichte noch lange nicht abgeschlossen war, fühlte sich wie ein ständiges Pendeln zwischen zwei Welten an. Sie stand auf und ging zum Fenster. Draußen war der Herbstwind kräftig und trieb die letzten Blätter durch die Straßen. Es war, als würde die Natur ihr eine kleine Erinnerung schicken: «Lass los. Lass den Prozess einfach geschehen.»

Lena seufzte und wandte sich von dem Blick nach draußen ab. Sie hatte so oft versucht, die Kontrolle über ihre Erzählung zu übernehmen, die Geschichte in eine Richtung zu lenken, die klar und vor allem «fertig» war. Aber jedes Mal, wenn sie zu schreiben begann, nahm ihre eigene innere Unruhe wieder Gestalt an – die

Fragen, die längst nicht beantwortet waren, die Träume, die zu verschwinden drohten. Wie konnte sie etwas so Komplexes in Worte fassen, wenn sie selbst sich noch in der Entwirrung ihrer eigenen Gedanken befand?

«Vielleicht ist es gar nicht der Punkt, wie oder was ich schreibe», dachte sie. «Vielleicht geht es darum, zu verstehen, dass sich meine Geschichte immer wieder verändert. Dass sie nie abgeschlossen sein wird, dass sie sich genauso wandelt wie ich.»

Diese Erkenntnis war beunruhigend, aber zugleich auch befreiend. Sie hatte geglaubt, dass der Akt des Schreibens ihr eine Form von Kontrolle über ihr Leben geben würde – aber die Wahrheit war, dass das Leben, wie das Schreiben, im Fluss war.

Lena setzte sich wieder an ihren Schreibtisch und öffnete das Notizbuch. Ein leeres Blatt starrte sie an. Es war fast so, als würde das Papier auf sie warten. Doch diesmal nahm sie keinen Stift in die Hand, um einen klaren Plan für das Buch zu skizzieren. Stattdessen begann sie, ihre Gedanken einfach fließen zu lassen, ohne Druck, ohne Ziel.

«Anna und Michael sind Spiegel», schrieb sie. «Sie sprechen meine Ängste aus, sie tragen meine Hoffnungen in sich. Aber sie sind nicht nur Figuren in einem Buch. Sie sind Teile von mir. Ihre Geschichte ist meine Geschichte, aber meine Geschichte ist mehr als das, was sie erleben. Es geht nicht nur um sie. Es geht um den Moment, in dem ich anfange, wirklich zuzuhören – nicht nur zu ihnen, sondern zu mir selbst.»

Lena hatte das Gefühl, dass sie einen Schritt weiter war. Sie begann, ihre Gedanken nicht nur als Teil einer Erzählung zu begreifen, sondern als ein Dialog, der immer wieder zu ihr zurückkehrte. Die Gespräche zwischen Anna und Michael, ihre Konflikte und Ängste, begannen, als eine Art Reflexion ihrer eigenen inneren Konflikte zu erscheinen.

Es war nicht der Roman, der sie fesselte – es war der Dialog, die Konfrontation mit sich selbst. «Vielleicht muss ich dieses Buch nicht beenden. Vielleicht ist es nicht wichtig, ein Ende zu finden, sondern zu erkennen, dass das Schreiben nie wirklich endet. Es geht nicht darum, ein Produkt zu schaffen. Es geht darum, die Reise fortzusetzen, mit jedem Satz, mit jeder Entdeckung.»

Lena klappte das Notizbuch zu, doch der Drang, weiter zu schreiben, war nicht erloschen. Im Gegenteil: Sie spürte, dass die Worte nun anders flossen. Sie hatte die Geschichte von Anna und Michael nicht fallen gelassen, sondern war mit ihnen tiefer in ihre eigene Geschichte eingetaucht. Sie hatte sie nicht als einfache Charaktere behandelt, sondern als gleichwertige Mitreisende auf ihrem eigenen inneren Weg.

Der Prozess des Schreibens war kein Kampf mehr, sondern eine Einladung, sich selbst immer wieder neu zu entdecken.

Die Tage vergingen, und während sie weiterhin an den Seiten schrieb, merkte Lena, wie sich ihre innere Welt immer mehr entwirrte. Die Gespräche zwischen Anna und Michael wurden intensiver und persönlicher, doch nun wusste sie: Es war ihre eigene Reise, die sie begleitete.

Vielleicht würde dieses Buch nie das «fertige» Buch werden, das sie sich immer vorgestellt hatte. Aber vielleicht war es auch gar nicht nötig. Was zählte, war der Mut, sich immer wieder selbst zu finden – sowohl im Schreiben als auch im Leben.

Kapitel 9: Die Suche nach der eigenen Mitte

Lenas Gedanken schweiften ab, immer wieder zurück zu den Protagonisten ihres Buches, zu Anna und Michael. In den letzten Tagen hatte sie sich so intensiv auf ihre Geschichte konzentriert, doch immer stärker spürte sie, dass ihre eigene Geschichte noch unausgesprochen blieb. Etwas in ihr drängte sie, einen Schritt weiterzugehen. Sie wusste, dass dieser Schritt mehr war als nur das Schreiben eines Buches. Es ging um eine tiefere Auseinandersetzung mit sich selbst.

Sie griff nach einem Stapel Notizen, die sich über den Tisch verteilten. Als ihre Augen auf einen Zettel fielen, den sie längst vergessen hatte, zog sie ihn hervor. Es war eine handschriftliche Notiz, in der sie vor einiger Zeit Zitate festgehalten hatte. Und darunter stand auch eine Erinnerung: Vera Birkenbihl Vortrag – Ärger als Signal.

Lena runzelte die Stirn. «Ach ja, der Vortrag», dachte sie und erinnerte sich vage daran, dass sie sich vor einiger Zeit mit einem Video von Vera Birkenbihl beschäftigt hatte.

In ihren Notizen stand weiter, dass Ärger eine der stärksten Emotionen sei, die wir kennen und das sei nicht per se negativ. Ärger zeige uns, dass etwas in uns wäre, das Aufmerksamkeit bräuchte. Aber er dürfe uns nicht übermannen. Weiter stand da, dass es schon passieren könne und wir jemandem oder etwas die Macht geben, in uns Ärger auszulösen, aber dass dieser Ärger maximal 15 Sekunden präsent sein dürfe. Ansonsten sei das unser eigenes Problem und zeige unsere unerledigten Geschäfte auf.

Lena spürte einen leichten Schock. Hatte sie nicht oft genug erlebt, wie Ärger in ihr wuchs und wuchs, bis er schließlich zu einem unlösbaren Problem wurde? Sie konnte sich an zahllose Momente erinnern, in denen sie sich von einem Ärger forttragen ließ – sei es wegen einer unbedachten Bemerkung von jemandem oder einer verpassten Gelegenheit.

«Fünfzehn Sekunden», murmelte Lena, «das ist ja fast nichts.»

Lena fühlte, wie sich ein Gefühl der Klarheit in ihr ausbreitete. Sie hatte es oft erlebt – dieses Gefühl von Ärger, das sich wie eine Welle in ihr aufbaute und sie kaum mehr losließ. Aber war der Ärger nicht auch eine Einladung, tiefer zu blicken? Ein Signal, dass sie nicht nur über andere oder über die Welt um sie herum nachdenken sollte, sondern auch über sich selbst?

«Was, wenn ich den Ärger loslasse? Was bleibt dann? Oder tiefer gehe und die Wurzeln meines Ärgers zu ergründen?»

Diese Fragen beschäftigten sie nun. Würde sie endlich in der Lage sein, sich von den negativen Emotionen zu befreien, die sie so lange getragen hatte? Und was, wenn der Ärger gar nicht das war, was sie dachte? Wenn er mehr über ihre eigenen ungelösten Themen sprach, als über die Menschen, die ihn in ihr ausgelöst hatten?

Sie lehnte sich zurück während sich in ihrem Kopf die Gedanken überschlugen.

«Das habe ich schon oft gemacht», dachte Lena. «Ich habe den Ärger oft mit mir getragen, als ob er ein Teil von mir wäre.»

Sie wusste jetzt, dass sie eine neue Perspektive brauchte. Dass Ärger nicht nur ein Gefühl war, das sie als Reaktion auf äußere Umstände empfand, sondern ein

Signal für tiefere, ungelöste Fragen in ihr selbst. Vielleicht war es an der Zeit, diese Fragen zu stellen, statt in einem ständigen Kreislauf des Ärgers zu verharren.

Lena machte eine Pause, schloss für einen Moment die Augen und ließ die Gedanken in sich nachklingen. Sie fühlte sich auf einmal befreit – als hätte sie ein Stück Kontrolle zurückgewonnen.

«Ich kann den Ärger loslassen», flüsterte sie. «Ich kann das tun.» Das war ein neuer Anfang, ein Schritt auf einem Weg, den sie sich bisher nicht getraut hatte zu gehen. Lena wusste, dass sie nicht sofort alles ändern würde. Doch die Erkenntnis, dass sie den Ärger loslassen konnte, gab ihr Hoffnung und ließ sie mit einem klareren Blick auf die Dinge schauen.

Sie legte das Handy auf den Tisch, griff nach dem Notizbuch und begann zu schreiben. Nicht über Anna und Michael. Nicht über ihre Protagonisten. Heute schrieb sie über sich selbst.

«Ich bin in meinen Gedanken gefangen», dachte Lena. «Ich ärgere mich über mich selbst, aber ich halte diesen Ärger fest, anstatt ihn loszulassen.» Sie spürte, wie ein kleiner Funken Hoffnung aufblitzte. Wenn es so war, wenn ihre Gedanken selbst das Problem waren, dann war vielleicht auch die Lösung in ihren Händen. Sie musste die Kontrolle über ihre Gedanken zurückgewinnen, um den Teufelskreis zu durchbrechen.

«Ich darf nichts und niemandem die Macht geben, meine Emotionen negativ zu beeinflussen und es ist meine Entscheidung, inwieweit ich das zulasse» schrieb sie in ihr Notizbuch.

Diese Einsicht war ein Wendepunkt. Sie hatte sich so oft gefragt, warum sie sich ausgelaugt und leer fühlte. Es war, als wäre sie in einer Rolle gefangen – immer die perfekte Mutter, immer die pflichtbewusste Angestellte, immer die Tochter, die sich um alles kümmerte. Doch sie hatte nie wirklich hinterfragt, was sie selbst wollte, was sie brauchte. Sie hatte sich selbst in diese Rollen gezwungen, ohne zu merken, dass sie sie sich selbst auferlegt hatte. Und nun, wo sie es endlich sah, begann sie zu begreifen: Diese Erschöpfung war das Resultat ihrer eigenen Gedanken. Sie spielte ihre Rollen nicht nur für andere, sondern auch für sich selbst.

«Was wäre, wenn ich aufhöre, diese Rollen zu spielen?» fragte sie sich. «Was wäre, wenn ich einfach die Möglichkeit hätte, mein Leben zu leben, ohne ständig zu bewerten, ob ich es richtig mache?» Sie spürte, wie der Gedanke in ihr wuchs – der Wunsch, nicht mehr nur zu funktionieren, sondern endlich zu fühlen.

Anna und Michael, die beiden Protagonisten aus ihrer eigenen Geschichte, schossen ihr wieder in den Kopf. Sie wusste, dass sie sie nicht nur als Charaktere erschaffen hatte. Sie hatte sie in gewisser Weise auch als Spiegel ihrer eigenen inneren Konflikte erschaffen. Anna, die sich in ihrer Vergangenheit verstrickte, und Michael, der sich ständig selbst hinterfragte und in einer Endlosschleife von Zweifeln gefangen war – sie waren nicht nur fiktive Figuren. Sie waren ihre eigenen inneren Stimmen, die sie selbst in ihrem Leben hörte.

«Ich bin genauso gefangen wie sie», dachte Lena. «Ich habe mir meine eigene Geschichte geschrieben, aber jetzt muss ich sie umschreiben. Ich darf nicht mehr in diesen Rollen feststecken. Ich will wieder fühlen, wieder leben, nicht nur überleben.» Und mit dieser Erkenntnis kam der entscheidende Moment. Lena wusste jetzt, dass sie selbst diejenige war, die den Drehbuchschreiber ihres Lebens spielen konnte. Sie konnte entscheiden, welche Rolle sie einnehmen wollte und welche Gedanken sie in ihre Geschichte einfließen ließ. Der Schlüssel lag in der Freiheit ihrer eigenen Gedanken.

Lena saß immer noch am Schreibtisch, das Handy lag in ihrer Hand, doch ihre Gedanken waren längst weit weg. Die Worte aus dem Vortrag von Vera Birkenbihl hallten weiter in ihr nach – der Ärger als Signal, der nicht länger als 15 Sekunden andauern sollte. Sie hatte sich gefragt, wie lange sie selbst schon in diesem Zustand verweilte, wie oft sie diese starken Emotionen in sich trug und ihnen zu viel Raum gab.

Der Ärger – in den letzten Wochen war er immer wieder hochgekommen. Besonders morgens im Zug, wenn sie sich fühlte wie in einer Rolle, die sie nie selbst gewählt hatte. Die Pflichtbewusste, die immer auf dem Sprung war, die keine Zeit für sich selbst fand. Immer die perfekte Mutter, immer die arbeitssame und fleissige Angestellte, immer die Tochter, die sich um alles kümmerte. Frust über diese Rollen, die sie immer wieder spielte, ohne jemals zu hinterfragen, wer sie selbst eigentlich war. Wut darüber, dass sie sich so wenig Freiraum für ihre eigenen Wünsche und Gedanken ließ. Wut über das Gefühl, zu funktionieren, ohne wirklich zu leben. Wut darauf, dass sie den Alltag immer wieder so durchlebte, anstatt aktiv zu gestalten.

«Warum habe ich mir diese Rollen selbst auferlegt?» dachte sie, während sie durch die Erinnerung an die letzten Wochen schwelgte. Der Zettel mit dem Zitat über den Ärger war ein erster Schritt gewesen, doch sie merkte, dass der Frust tief verwurzelt war, viel tiefer, als sie zugeben wollte. In der Konfrontation mit ihren Kindern, als sie sich über Kleinigkeiten ärgerte, spürte sie immer wieder, wie sehr dieser Frust sich in ihren Alltag schlich. «Warum konnte ich nicht einfach ruhig bleiben? Warum musste ich immer alles kontrollieren?»

Und dann war da noch die Trauer, die sie seit der Trennung von ihrem Ex-Mann immer wieder begleitet hatte. Ein dumpfes Gefühl der Leere, das sie oft überkam, besonders in den stillen Momenten, wenn sie alleine war. «Warum fühlte es sich an, als ob ein Teil von mir verschwunden wäre, als ob das Leben nach der Trennung plötzlich anders war?» Die Kinder, die nach der Trennung bei ihr lebten, waren die Quelle vieler liebevoller Momente, doch in ihrem Inneren war ein ständiges Gefühl der Unsicherheit, als ob sie etwas verloren hatte, das nie wieder zurückkommen würde.

«Es ist, als ob das Band zwischen uns nicht mehr so stark ist, wie es war», dachte Lena oft. Ihre Trennung war noch nicht so lange her, und trotz der Bemühungen, ihren Kindern ein schönes Zuhause zu bieten, konnte sie sich des Gefühls nicht erwehren, dass etwas Entscheidendes fehlte. Es war nicht nur der Verlust der Beziehung, sondern auch die Erkenntnis, dass sie sich nach wie vor in einem Zustand des Übergangs befand, zwischen der Frau, die sie vor der Trennung gewesen war, und der, die sie nun versuchte zu werden. Die Trauer war ein ständiger Begleiter, der sie daran erinnerte, dass sie mehr als nur eine Mutter, mehr als nur eine Ex-Frau war – sie war auch eine Frau, die sich neu finden musste.

Und dann war da die Eifersucht, die sie immer wieder überkam, wenn sie an ihren Ex-Mann dachte. Wenn sie sah, wie er scheinbar mühelos sein Leben fortführte, neue Beziehungen einging und das Leben zu genießen schien, während sie sich in einem Meer aus Selbstzweifeln und Unsicherheiten verlor. «Warum hatte er es so viel leichter?» fragte sie sich. «Warum konnte er einfach weitermachen, als ob nichts gewesen wäre?»

Es war nicht nur der Neid auf sein neues Leben. Es war das Gefühl der Unsicherheit, das in ihr aufstieg, die Unsicherheit, ob sie wirklich genug war – für ihre Kinder, für sich selbst, für die Welt um sie herum. «Er hat alles, was ich mir immer gewünscht habe. Warum hat er das so viel schneller und einfacher bekommen?» Diese Gedanken quälten sie, und sie merkte, dass sie sich immer wieder in einem Kreis aus Vergleich und Zweifeln verlor.

Inmitten all dieser Gedanken kam ihr wieder die Geschichte von Anna und Michael in den Sinn. Anna, die in ihrer Vergangenheit gefangen war, die nicht loslassen konnte, die an allem festhielt, was sie jemals verletzt hatte – sie war ihr eigenes Spiegelbild. Genau wie Anna hatte Lena sich lange in ihrer Vergangenheit verfangen, in all den unerledigten Gefühlen, in der Wut über die Trennung, in der Trauer über das, was sie verloren hatte. Sie hatte sich so sehr auf die äußeren Umstände konzentriert, dass sie nie wirklich in sich selbst hineingehört hatte. Ihre inneren Konflikte spiegelten sich in den Handlungen ihrer Protagonisten wider – Anna, die nicht loslassen konnte, und Michael, der sich immer wieder mit seinen eigenen Zweifeln beschäftigte. «Ich habe mich so oft in meinen eigenen Gedanken und Emotionen verstrickt», dachte Lena. «Aber das muss jetzt aufhören. Ich darf mich nicht länger von diesen Emotionen kontrollieren lassen. Ich bin nicht die Wut, die Frustration oder die Eifersucht. Ich bin mehr.»

Die Erkenntnis traf sie wie ein Schlag. Sie hatte die Kontrolle über ihre eigenen Gedanken verloren, und das hatte ihre Emotionen genährt. Der Frust, die Trauer, die Wut, die Eifersucht – all diese Gefühle hatten sie immer wieder zu denselben Gedankenschleifen geführt, ohne dass sie es je hinterfragt hatte. Doch jetzt wusste sie, dass sie nicht diese Emotionen war. Sie war die, die entscheiden konnte, wie sie mit ihnen umging. Diese Einsicht war der erste Schritt, um sich von den Ketten ihrer eigenen Gedanken zu befreien.

«Was wäre, wenn ich die Kontrolle über meine Gedanken zurückgewinne?» fragte sie sich. «Was wäre, wenn ich aufhöre, mich mit diesen negativen Gefühlen zu identifizieren? Was bleibt dann?» Sie wusste, dass es nicht darum ging, die Emotionen zu unterdrücken, sondern zu erkennen, dass sie nur dann Macht über sie hatten, wenn sie sich nicht damit auseinandersetzte. Wut und Frust würden nie verschwinden, aber sie konnte lernen, sie loszulassen und sie nicht zu ihrem täglichen Begleiter zu machen.

«Ich will wieder fühlen, nicht nur überleben», dachte Lena.

Und damit kam eine neue Entscheidung. Sie würde nicht länger die Schatten ihrer eigenen Emotionen jagen. Sie würde lernen, sie zu akzeptieren, aber sie nicht mehr von ihnen definieren lassen. Lena wusste nun, dass der Schlüssel zu ihrem inneren Frieden in ihrer Fähigkeit lag, ihre eigenen Gedanken zu beherrschen. Und vielleicht, so dachte sie, würde das auch die Geschichte von Anna und Michael verändern. Vielleicht konnte sie mit ihrer eigenen Geschichte beginnen und sich von der Vergangenheit befreien.

Lena lehnte sich zurück und schloss für einen Moment die Augen. Die Erkenntnisse, die sie gerade über die negativen Emotionen gewonnen hatte, ließen ihr Herz schneller schlagen. Wenn sie es schaffte, den Frust, die Wut und die Eifersucht loszulassen, dann konnte sie genauso gut positive Emotionen in ihr Leben einladen – und sie musste nicht darauf warten, dass sie von außen kamen. Sie hatte die Macht, selbst zu entscheiden, wie sie sich fühlte.

«Wenn ich die Kontrolle über meine negativen Emotionen zurückgewinne,» dachte sie, «kann ich dann nicht auch die positiven Gefühle erschaffen?» Freude, Liebe, Genuss – all diese Gefühle, nach denen sie sich so lange gesehnt hatte.

Sie erinnerte sich an die Momente, in denen sie wirklich in ihrem Leben lebendig war, in denen ihre Gedanken nicht von negativen Emotionen überschattet wurden. Zum Beispiel, als sie mit ihren Kindern lachte, als sie sich einfach treiben ließ und die Zeit vergaß. «Das war Freude», erkannte sie. Eine einfache, aber kraftvolle Freude. Sie hatte es selbst kreiert, indem sie sich auf den Moment eingelassen hatte, ohne an all das zu denken, was sie noch erledigen musste.

In ihren Gedanken wanderte sie weiter zurück zu einem anderen, längst vergessenen Moment: Ein warmer Sommerabend, an dem sie mit einer Freundin zusammen auf der Terrasse gesessen hatte. Sie hatten gelacht, über das Leben gesprochen, über alles, was gut war, und Lena hatte sich einfach entspannt gefühlt – als wäre alles in diesem Moment genau richtig. «Das war Genuss», dachte sie. «Der Genuss, einfach zu sein, ohne sich um die Zukunft oder die Vergangenheit zu sorgen.» Sie hatte diesen Moment selbst kreiert, indem sie sich erlaubte, die Gegenwart zu genießen, ohne sich von den Forderungen des Lebens überrollen zu lassen.

«Warum ist das so schwierig? Warum kann ich diese positiven Momente nicht öfter erschaffen?» fragte sie sich. Und dann fiel es ihr auf: Sie hatte es immer wieder nicht zugelassen. Wenn sie sich von negativen Emotionen wie Frust oder Wut hatte leiten lassen, war es fast unmöglich gewesen, sich wirklich zu freuen oder die Schönheit des Augenblicks zu spüren. Aber was, wenn sie die Kontrolle über ihre negativen Gefühle behielt? Was, wenn sie sie losließ, bevor sie die Oberhand gewannen? Dann konnte sie auch die positiven Emotionen in ihr Leben einladen.

«Ich kann Liebe kreieren», dachte sie plötzlich. Sie hatte es oft erlebt, wie sehr Liebe nicht nur von den anderen, sondern auch von ihr selbst abhängt. Wenn sie sich selbst genug liebte, konnte sie auch die Liebe zu anderen auf eine tiefere, authentische Weise erfahren. Es war nicht nur die Liebe, die sie ihren Kindern und ihrem Ex-Mann gab – es war auch die Liebe zu sich selbst, die sie lange vernachlässigt hatte. «Was, wenn ich mich einfach selbst lieben könnte?» dachte sie und spürte ein kleines Lächeln in ihrem Inneren.

Die Erkenntnis, dass sie die Kontrolle über ihre eigenen Gefühle hatte, war befreiend. «Wenn ich meine negativen Emotionen kontrollieren kann, kann ich auch diese positiven Gefühle kreieren», flüsterte Lena leise. Es war kein magischer Prozess, sondern eine Entscheidung. Eine Entscheidung, sich nicht länger von negativen Gedanken oder äußeren Umständen bestimmen zu lassen. Eine Entscheidung, in der Gegenwart zu leben und die Freude an den kleinen Dingen zu entdecken – an den Momenten, in denen alles einfach stimmte.

Lena dachte an Anna und Michael. Sie wusste, dass ihre Protagonisten in einer ähnlichen Auseinandersetzung steckten. Anna, die sich von ihrer Vergangenheit beherrschen ließ, und Michael, der mit seinen ständigen Zweifeln kämpfte. Sie hatte sie erschaffen, um ihre eigenen inneren Kämpfe zu spiegeln. Doch sie wusste jetzt, dass es an ihr war, die Geschichte umzuschreiben – nicht nur für Anna und Michael, sondern auch für sich selbst.

«Ich muss aufhören, mich von meinen Ängsten und negativen Gedanken lähmen zu lassen,» dachte sie entschlossen. «Ich kann entscheiden, dass ich Freude in mein Leben bringe. Ich kann Liebe zulassen, ohne Angst, verletzt zu werden. Ich kann den Genuss erleben, ohne mich ständig zu fragen, ob es genug ist. Ich kann fröhlich sein, einfach weil ich es will.»

Mit dieser Erkenntnis kam ein Gefühl von Freiheit. Es war nicht die Freiheit von äußeren Umständen, sondern von ihren eigenen Gedanken und Emotionen. Wenn sie in der Lage war, die Kontrolle über ihre negativen Gefühle zu übernehmen, dann war es nur ein kleiner Schritt weiter, auch die positiven Emotionen zu kultivieren. Sie musste sich nicht länger in der Rolle der erschöpften, frustrierten Frau sehen. Sie konnte die Frau sein, die sie sich immer gewünscht hatte – eine, die sich selbst liebte, die Freude in den einfachen Momenten fand und die fähig war, mit Liebe und Genuss durch ihr Leben zu gehen.

Sie nahm das Notizbuch und begann zu schreiben. Nicht über Anna und Michael. Nicht über ihre Vergangenheit. Heute schrieb sie über das, was sie in diesem Moment spürte: die Möglichkeit, ihre eigene Geschichte zu gestalten, ihre Emotionen zu kontrollieren und die positiven Gefühle zu kultivieren, die ihr das Leben bieten konnte.

Kapitel 10: Der Moment der Stille

Die Spitze des Stifts berührte das Papier. Sie saß da, das Notizbuch in den Händen, bereit zu schreiben. Doch der erste Satz wollte einfach nicht kommen. Stattdessen ließ sie ihren Blick durch das Fenster schweifen, wo die Wolken wie weiche Kissen über den Himmel zogen. Es war still, fast zu still. Ihr Herz pochte in einem gleichmäßigen, beruhigenden Rhythmus, doch in ihrem Kopf wirbelten die Gedanken wie ein stürmischer Wind. Sie hatte den Impuls zu schreiben, doch etwas hielt sie zurück.

Endlich begann sie: «Was habe ich in meinem Leben wirklich gefühlt?»

Das Papier blieb leer, aber in ihrem Kopf begannen sich Bilder zu formen. Es waren nicht die großen, dramatischen Ereignisse, die ihr in den Sinn kamen. Es waren die kleinen Dinge, die die Luft um sie herum mit einer leisen, aber beständigen Präsenz füllten. Der erste Schnee eines Winters, der sie immer an ihre Kindheit erinnerte – das Knirschen unter den Stiefeln, die kalte Luft, die ihre Wangen rot färbte. Der feuchte, erdige Duft des Waldes, wenn der Herbstregen den Boden getränkt hatte. Die pralle Sonne auf ihrer Haut, wenn sie mit geschlossenen Augen auf einer Parkbank saß und die Wärme ihren ganzen Körper durchströmte.

Diese Momente hatten keine Worte gebraucht. Sie waren einfach da gewesen, klar und rein. Sie hatte sie damals gespürt, aber niemals wirklich in all ihrer Tiefe wahrgenommen. Sie war immer nur «nebenbei» in der

Welt gewesen, als lebte sie in einem Film, der von jemand anderem gedreht wurde.

Sie hielt inne, atmete tief ein und ließ die Luft für einen Moment in ihrem Körper verweilen. Ihr Blick wanderte zu einem Glas Wasser auf dem Tisch. Sie nahm es in die Hand, spürte das kühle Glas, das leicht klirrte, als sie es anhob. Das fast unhörbare Gluckern, als sie trank. Wie oft hatte sie das schon getan, ohne es wirklich zu bemerken? Wie oft war sie bei all den hektischen Gedanken und Aufgabenlisten nie wirklich da gewesen?

Sie schrieb weiter:
«Die kleinen Dinge. Sie sind überall. Und doch habe ich sie so oft ignoriert. Nicht, weil ich sie nicht mag. Sondern weil meine Gedanken immer woanders waren. Ich war bei der Arbeit, beim Streit mit meinem Ex, bei der Einkaufsliste, bei allem, was getan werden musste. Aber nie wirklich hier.»

Ein Gedanke drängte sich auf – warum war es so schwer, diese Momente zu halten?

Es war, weil ihre Gedanken nie still waren. Wie ein unaufhörlicher Strom prasselten sie auf sie ein, unaufhörlich und laut. Wenn sie sich schlecht fühlte, lag es oft daran, dass diese Gedanken wie eine endlose Spirale liefen. Ein Kommentar ihres Chefs konnte sie stundenlang beschäftigen. «Warum hat er mich so angesprochen? Habe ich etwas falsch gemacht?» Ein Streit mit ihren Kindern ließ sie an ihrer Kompetenz als Mutter zweifeln. «Bin ich zu streng? Oder nicht streng genug?» Und dann war da dieser innere Kritiker. Eine

Stimme, die ihr unaufhörlich einflüsterte, dass sie mehr tun müsste, besser sein müsste. Manchmal klang diese Stimme wie ihre Mutter. Manchmal wie sie selbst.

Sie atmete tief ein und dachte an eine Szene aus ihrer Kindheit. Ihre Mutter stand vor dem Spiegel, die Stirn in Falten gelegt, während sie leise sagte: «Wenn ich nur ein bisschen schlanker wäre, würde das Kleid besser sitzen.» Damals hatte sie nicht verstanden, warum dieser Moment sie so traf. Aber jetzt wusste sie es. Es war nicht nur ihre Mutter gewesen, die sich selbst zu hart beurteilte. Es war etwas, das sie übernommen hatte – wie ein altes Familienmuster, das sich tief in ihr festgesetzt hatte.

Aber da waren auch andere Gedanken – Gedanken, die sie stärker machten. Sie dachte an den Tag, an dem sie ihren Sohn das erste Mal nach einem Fußballspiel getröstet hatte, weil er verloren hatte. Sie hatte nicht viel gesagt, nur «Ich bin stolz auf dich», und ihn in den Arm genommen. In seinem Gesicht hatte sie gesehen, dass es ihm Trost gab.

Sie schrieb weiter:
«Manchmal liegt die größte Kraft darin, loszulassen. Ich muss nicht alles kontrollieren, nicht alles perfekt machen. Es reicht, wenn ich da bin. Wenn ich fühle.»
Mit einem leisen Seufzen schlug sie das Notizbuch zu und legte es neben sich auf den Tisch. Sie lehnte sich zurück und starrte an die Decke. Die Worte, die sie eben niedergeschrieben hatte, hallten in ihrem Kopf wider. «Die kleinen Dinge sind überall. Aber meine Gedanken waren nie still.»

Das war die Wahrheit, die sie sich nun eingestand. Doch jetzt wollte sie mehr. Es reichte ihr nicht, nur zu verstehen, was ihre Gedanken mit ihr machten. Sie wollte wissen, wie sie sie verändern konnte. Wie sie die flüchtigen Momente der Freude und Ruhe einfangen konnte, anstatt sie von Sorgen und Selbstzweifeln verschlingen zu lassen.

Sie griff wieder nach dem Notizbuch und blätterte durch die Seiten, suchte nach Antworten zwischen den Zeilen. Eine ihrer früheren Notizen fiel ihr ins Auge:
«Unsere Gedanken erschaffen unsere Realität.»

Ein Satz, den sie irgendwo gelesen hatte, der sie damals nicht wirklich interessiert hatte. Aber jetzt fühlte er sich wie ein Schlüssel, den sie endlich verstanden hatte. Was, wenn es wirklich so war? Wenn ihre Gedanken die Welt prägten, wie konnte sie sie so lenken, dass sie sich freier und leichter fühlte? Sie spürte, wie die Antwort fast vor ihr lag, aber sie konnte sie noch nicht ganz greifen.

Sie nahm ihr Handy, tippte den Satz ein: «Unsere Gedanken erschaffen unsere Realität.» In den Suchergebnissen stieß sie auf eine Fülle von Artikeln und Videos. Alles schien sich zu wiederholen. Sie scrollte weiter, bis sie einen Artikel fand, der sie ansprach. Es ging um die buddhistische Sichtweise auf Gedanken und Wahrnehmung, und plötzlich fühlte es sich an, als würde etwas in ihr aufleuchten. Sie begann zu lesen. Der Artikel erklärte, dass das bewusste Lenken der Gedanken und das Erkennen der eigenen mentalen Muster ein Schlüssel zur inneren Freiheit sei. Es war nicht nur Theorie – es war auch Praxis: Achtsamkeit, Meditation, das Loslassen von festgefahrenen Denkmustern, die Leid erzeugten.

Je mehr sie las, desto mehr fühlte sie sich von dem Gedanken angezogen, dass es nicht nur darum ging, die Kontrolle über ihre Gedanken zu gewinnen, sondern auch, eine tiefere Verbindung zu ihrem inneren Zustand zu entwickeln. Sie fragte sich, ob sie es lernen könnte, ihre Gedanken zu beobachten, ohne sie zu bewerten. Sie erinnerte sich an eine Weisheit, die sie in einem buddhistischen Text gelesen hatte: «Nicht der Gedanke selbst, sondern die Anhaftung an den Gedanken verursacht das Leid.»

Diese Worte trafen sie tief. Sie hatte sich so oft von ihren Gedanken mitreißen lassen, sie hatte sich so oft von ihren Sorgen und Ängsten beherrschen lassen. Aber was wäre, wenn sie lernen könnte, sie einfach zu beobachten, sie loszulassen, ohne sich in ihnen zu verlieren?

In einer Fußnote fand sie eine kurze, aber prägnante Anleitung für den Einstieg in Achtsamkeit. Einfach und zugänglich. Ein kleiner Schritt, aber vielleicht der erste in eine neue Richtung. Sie speicherte den Link ab, griff nach ihrem Notizbuch und schrieb: «Es ist nicht genug, nur die Gedanken zu ändern. Ich muss lernen, sie zu beobachten, ohne mich von ihnen mitreißen zu lassen.» Es fühlte sich befreiend an, diesen Gedanken aufzuschreiben. Sie hatte den ersten Schritt gemacht, aber sie wusste, dass es ein langer Weg war. Sie schloss das Notizbuch und legte es auf den Tisch, dann schloss sie die Augen. Der erste Schnee fiel immer noch, und jetzt, in diesem Moment, konnte sie ihn viel intensiver wahrnehmen. Die Flocken tanzten in der Luft, fielen sanft und unaufhaltsam auf den Boden, und für einen Augenblick schien die Welt stillzustehen.

In diesem Moment kamen ihr wieder die Gedanken an Anna und Michael. Ihre Geschichte, die sie in den letzten Wochen immer wieder durchdacht hatte, durchbrach die Stille in ihrem Kopf. Vielleicht war es auch für Anna und Michael wichtig, diesen Schritt zu machen. Vielleicht musste auch Anna lernen, ihre Gedanken zu beobachten, ohne sich von ihnen überfluten zu lassen. Vielleicht war es genau diese Praxis der Achtsamkeit, die ihnen helfen würde, näher zu sich selbst und zueinander zu finden.

Sie griff nach ihrem Notizbuch und schrieb:
«Anna und Michael müssen lernen, ihre Gedanken zu beobachten, ohne sich von ihnen beherrschen zu lassen. Vielleicht liegt der Schlüssel in der Stille, in der Pause zwischen den Gedanken, in der Achtsamkeit, die uns zeigt, dass wir nicht immer mit unseren Emotionen identifiziert sein müssen.»

Es war eine neue Perspektive, eine, die sie nicht nur für sich selbst entdeckt hatte, sondern die auch ihren Charakteren helfen konnte, sich weiterzuentwickeln. Sie schloss das Notizbuch und atmete tief durch. Die erste Schneeflocke landete sanft auf ihrer Hand.

Kapitel 11: Der Wandel im Alltag

Lena riss die Augen auf, als der Wecker zum dritten Mal klingelte. Ein flüchtiger Blick auf die Uhr zeigte ihr, dass sie wieder auf den letzten Drücker war. Ein kurzer Moment der Panik durchfuhr sie, doch dann erinnerte sie sich an den Gedanken, den sie sich in den letzten Tagen immer wieder gesagt hatte: «Ich habe die Wahl.» Sie atmete tief ein, schüttelte die Müdigkeit ab und zog sich schnell an.

Beim Frühstück war Lena schon gestresst. Ihre Tochter erzählte mit leuchtenden Augen von ihrem Schulmorgen, während Lena hektisch versuchte, gleichzeitig den Rucksack ihrer Tochter zu packen, ihren Kaffee zu trinken und eine Scheibe Brot zu sich zu nehmen. «Mama? Hast du das gehört?», fragte ihre Tochter plötzlich mit einem Blick, der Lena aus ihren Gedanken riss.

«Was?», fragte Lena, leicht abwesend.

«Ich sagte, dass wir heute nach der Schule das neue Buch in der Bibliothek abholen können. Wir könnten nachher noch etwas zusammen lesen.»

Lena lächelte flüchtig. «Klingt gut, Schatz, aber ich muss jetzt wirklich los, sonst verpasse ich den Zug.»

Ihre Tochter nickte enttäuscht, und Lena fühlte einen Stich. Ich will mehr für sie da sein. Doch in diesem Moment war sie wieder gefangen in der Hektik des Morgens. Mit einem schnellen Kuss verabschiedete sie sich und eilte durch die Straßen in Richtung Bahnhof.

Als sie durch die Menschenmengen schob, die sich ebenfalls auf den Weg zur Arbeit machten, spürte sie die Anspannung in ihrem Nacken und Magen. Die Gedanken wirbelten in ihrem Kopf: «Ich habe noch so viel zu tun, ich muss schneller sein, ich muss alles erledigen.» Die Zeit schien gegen sie zu arbeiten, und der Lärm um sie herum fühlte sich erdrückend an.

Im Zug, als sich der Körper in der Sitzecke fest verankerte und die Bahn ruckartig anfuhr, atmete sie tief durch und versuchte, den stressigen Morgen beiseite zu schieben. Hier, in der Enge des Waggons, inmitten der vorbeiziehenden grauen Stadtlandschaft, schlich sich die Reflexion endlich ein. «Warum fühlst du dich immer so gehetzt?» Der Gedanke tauchte wie ein zarter Funke auf, und sie ließ ihn durch ihren Kopf tanzen. «Was wäre, wenn ich einfach loslassen würde?» murmelte sie leise vor sich hin. «Es ist nur der Morgen», sagte sie sich selbst. «Ich kann mich entspannen, auch wenn alles um mich herum hektisch ist.» Sie schloss die Augen, atmete tief ein und aus, während sie den Stress in ihrem Körper spüren konnte, ihn aber auch losließ. «Ich habe die Kontrolle über meine Reaktionen, nicht über den Verkehr oder die Menschenmengen, aber über die Art und Weise, wie ich mich dazu stelle.»

In den ruhigeren Momenten, während sie auf dem Weg zur Arbeit war oder in ihren Gedanken während der täglichen Routine, setzte sich diese Erkenntnis langsam durch. «Es ist nicht immer leicht, aber ich kann anders reagieren. Ich kann wählen, ob ich den Moment annehme oder von ihm überrollt werde.» Sie hatte einen kleinen Sieg errungen. Sie fühlte sich ein wenig freier und ein wenig mehr im Einklang mit sich selbst.

Lena stieg aus der Bahn, zog sich ihre Jacke enger und hastete durch die kalte, schneebedeckte Straße zum Bürogebäude. Der Morgen war anstrengend gewesen, und die hektische Fahrt zur Arbeit hatte ihren Puls noch immer hochgetrieben. Als sie die Bürotür hinter sich ins Schloss fiel, umhüllte sie sofort die vertraute Atmosphäre aus flimmernden Computermonitoren, Gesprächen, Telefonaten und dem Summen der Klimaanlage. Der Arbeitsalltag hatte sie wieder. Die Uhr zeigte bereits 9:30 Uhr – fast eine Stunde von ihrem eigentlich geplanten Arbeitsbeginn entfernt. Sie hatte sich mal wieder in den morgendlichen Wust aus E-Mails, Besorgungen und Kindergeschichten verstrickt. Jetzt war sie da, doch ihre Gedanken hingen immer noch zwischen zu Hause und der Arbeit. Der Abgleich zwischen dem, was sie sich vorgenommen hatte, und dem, was sie tatsächlich erledigt hatte, fiel ihr wie immer schwer. Der Bildschirm vor ihr blinkte mit einer neuen Nachricht auf. Sie öffnete die E-Mail, eine von ihrem Vorgesetzten. «Lena, wir brauchen dringend eine erste Einschätzung für das Projekt. Der Kunde hat heute Nachmittag ein Meeting, und wir müssen vorbereitet sein.» Ein Blick auf ihre To-Do-Liste ließ ihr Herz schneller schlagen – sie hatte noch nicht mal die wichtigsten Daten recherchiert, geschweige denn eine Präsentation vorbereitet. Das Gefühl der Überforderung drückte schwer auf ihre Brust. Es schien, als ob der Tag erst richtig losging und schon wieder zu viel auf ihrem Teller lag. «Warum tue ich mir das an?» dachte sie. Aber sie wusste, dass sie sich nicht aufhalten durfte. Ihre Gedanken jagten weiter von einer Aufgabe zur nächsten: ein wichtiger Anruf, eine Deadline für einen Artikel, das Meeting mit dem Team um 12 Uhr.

Der Kopf fühlte sich an wie ein Kugellager, das unaufhörlich drehte.

Plötzlich riss sie sich zusammen. Sie erinnerte sich an die Gedanken, die sie am Morgen in der Bahn mit sich getragen hatte, als sie die kleine Pause genutzt hatte, um einfach nur zu atmen. Sie hatte sich bewusst an den Moment erinnert, als sie gestern den ersten Schnee beobachtet hatte, als sie in der Stille war. Doch hier, jetzt im Büro, war keine Stille – nur die gewohnte Hektik. Ein kurzer Blick auf die Uhr ließ sie wissen, dass sie längst zu spät für das erste Meeting war.

Doch dann fiel ihr eine Sache ein, die sie gestern nach dem Lesen eines Artikels über Achtsamkeit noch schnell in ihre Notizen geschrieben hatte: «Die kleinen Schritte, der Fokus auf den Moment. Nicht alles auf einmal.»

Sie seufzte und ließ ihre Finger über die Tastatur gleiten, während sie versuchte, sich zu sammeln. Doch während der Druck wuchs, merkte sie plötzlich, wie ihre Gedanken in eine andere Richtung schwenkten. Ihr Blick fiel auf ein Dokument, an dem sie gerade arbeitete: ein Artikel über die Geschichte von Nikola Tesla und seinen bahnbrechenden Erfindungen. Während sie durch ihre Recherchen blätterte, stieß sie auf eine Theorie, die Tesla selbst zugeschrieben wurde – die 3-6-9 Methode.

Tesla hatte diese Methode entwickelt, um seine komplexen Ideen und Projekte in handhabbare, strukturierte Schritte zu unterteilen. Sie beruhte auf dem Prinzip, dass alles in drei, sechs und neun Schritten betrachtet werden sollte, um die größte Wirkung zu erzielen. Diese simple, aber tiefgründige Methode half ihm, seine Visionen zu verwirklichen, ohne sich von der Fülle der Aufgaben überwältigen zu lassen.

Lena las die Details aufmerksam durch: Tesla hatte erkannt, dass große, komplexe Ziele oft überwältigend wirken, wenn man versucht, sie auf einmal zu erreichen. Stattdessen erarbeitete er ein System, das es ihm ermöglichte, große Projekte in kleinere, fokussierte Schritte zu zerlegen, die er nach der Reihenfolge von 3, 6 und 9 anpackte. Die Zahl 3 stand für die wichtigsten ersten Schritte, 6 für die mittlere Phase des Projekts, und 9 für die finale Umsetzung.

«Drei Schritte, dann sechs, dann neun. Es ist alles eine Frage der Reihenfolge und der Priorität», dachte sie nach, als sie das Konzept in ihren Notizen festhielt.

Vielleicht war das die Antwort auf ihren aktuellen inneren Stress – sie hatte ihre Aufgaben und Projekte immer als einen riesigen Berg betrachtet, den sie auf einmal erklimmen musste. Aber wenn sie diese Aufgaben in kleinere, weniger überwältigende Schritte zerlegte, konnte sie die Kontrolle zurückgewinnen. Lena schloss das Dokument, das sie auf dem Bildschirm geöffnet hatte, und lehnte sich in ihrem Stuhl zurück. Ihre Gedanken drehten sich weiterhin um die Methode, die sie gerade entdeckt hatte. Drei Schritte, dann sechs, dann neun. Diese einfache Struktur, so dachte sie, könnte wirklich helfen, ihre täglichen Aufgaben anders anzugehen. Sie nahm ihr Notizbuch und begann, die größten Herausforderungen des Tages in kleine, handhabbare Schritte zu unterteilen. Eine Präsentation? Drei Schritte: Daten sammeln, Struktur entwerfen, Präsentation erstellen. Ein Teammeeting? Sechs Schritte: Thema definieren, Agenda festlegen,

Teilnehmer informieren, vorbereiten, moderieren, Nachbereitung. Und so weiter.

Das Gefühl der Überwältigung, das sie noch vor wenigen Minuten erdrückt hatte, schien ein wenig nachzulassen. Es war nicht mehr so furchterregend, all diese Dinge zu tun – sie war einfach nicht mehr gezwungen, alles auf einmal zu erledigen. Jeder Schritt konnte für sich alleine genommen erfolgreich sein.

Und vielleicht, dachte sie, könnte sie diesen Ansatz auch auf ihre persönliche Zeit anwenden. Drei Schritte für den Nachmittag mit ihrer Tochter: Bibliothek besuchen, Buch aussuchen, zusammen lesen. Sie hatte immer geglaubt, dass die große Veränderung sofort geschehen müssen, dass sie alles gleichzeitig umkrempeln müsse. Aber jetzt verstand sie: Es waren die kleinen Schritte, die zu einem größeren Wandel führten.

Als sie auf ihre Uhr schaute und die Zeit verrann, spürte sie nicht mehr den gewohnten Stress. Heute würde sie den Tag nicht allein in Eile verbringen. Heute würde sie sich Zeit nehmen, um bewusst zu reagieren, um nicht zu hetzen, sondern zu entscheiden, was für sie wirklich wichtig war. Vielleicht, dachte sie, war dieser Tag der Beginn von etwas Neuem – einer Veränderung, die nicht plötzlich, sondern Schritt für Schritt geschehen würde.

Kapitel 12: Die Energie der Gedanken

Als Lena am Abend am Küchentisch saß, war die Wohnung endlich zur Ruhe gekommen. Die Stimmen ihrer Kinder waren verstummt, das Geschirr war gespült, und das sanfte Ticken der Wanduhr war der einzige Klang, der die Stille begleitete. Lena ließ ihren Tag Revue passieren – das hektische Morgenchaos, die Überforderung im Büro, die halbherzigen Gespräche mit ihrer Tochter, die sie nicht wirklich wahrgenommen hatte. Je länger sie nachdachte, desto stärker spürte sie den Ärger in sich aufsteigen. Ärger darüber, dass sie sich wieder hatte mitreißen lassen, dass sie sich wieder einmal vom Strudel des Alltags verschlucken ließ.

«Nur 15 Sekunden», murmelte sie schließlich laut, fast trotzig. Sie schüttelte leicht den Kopf, und ein zaghaftes Lächeln huschte über ihre Lippen. «15 Sekunden», dachte sie. «Das sollte doch zu schaffen sein.» Niemand und nichts hatte die Macht, sie zu ärgern. Sie legte die Hände flach auf den Tisch, schloss die Augen und atmete tief ein. Ein... aus... Sie zählte leise in ihrem Kopf: eins, zwei, drei...

Der Gedanke an die «15-Sekunden-Regel» war neu für sie, doch er fühlte sich sofort richtig an. Die Idee, dass man sich nur 15 Sekunden Zeit geben sollte, um eine emotionale Reaktion zu beobachten, aber nicht in ihr aufzugehen, klang wie eine Art Befreiung. «Warum sich von den Wellen des Ärgers mitreißen lassen?» dachte sie. «Ich kann entscheiden, wie lange ich mich von etwas beeinflussen lasse.»

Die Worte schienen in ihr zu widerhallen, als sie langsam ihre Gedanken ordnete. «Ich entscheide, welche Energie ich halte. Ich entscheide, was ich loslasse.» Sie wiederholte es in ihrem Kopf, als wollte sie den Satz verinnerlichen. «So einfach?» fragte sie sich. Und doch wusste sie, dass es mehr als nur ein einfacher Satz war. Es war eine Entscheidung, eine Macht, die sie in ihren Händen hielt. «Gedanken sind nichts anderes als Energie. Was, wenn das wirklich stimmt?»

Lena starrte auf den Tisch, während der Klang der Uhr weiterhin die Stille durchbrach. Die Idee von Energie faszinierte sie zunehmend. Gedanken sind Energie... Ihr Herz schlug ein wenig schneller. «Wenn das stimmt, dann haben meine Gedanken eine echte, physikalische Präsenz.» dachte sie leise. «Wie wahr, wie unglaublich wahr.» Sie öffnete ihren Laptop und suchte nach mehr Informationen. «Gedanken = Energie.» Ihre Finger tanzten über die Tasten, als sie in der Suchmaschine tippte.

Der erste Treffer ließ sie innehalten. Sie las den Artikel, der erklärte, dass jeder Gedanke eine einzigartige energetische Frequenz erzeugte. Die Forscher sind noch dabei, die volle Bedeutung dieser elektromagnetischen Muster zu entschlüsseln, aber feststeht, dass unser Gehirn bei Denkprozessen Energie in Form von elektromagnetischen Wellen aussendet.

«Das ist kein esoterischer Hokuspokus,» dachte sie erstaunt. «Das ist Wissenschaft.» Die Worte schienen förmlich von der Bildschirmoberfläche zu springen und sich in ihr Bewusstsein zu brennen. Jeder Gedanke ist Energie. Er sendet Wellen aus, die messbar sind. Sie vertiefte sich weiter in den Artikel und erfuhr, dass EEG-Geräte diese Wellen sogar sichtbar machen konnten.

«Wenn das stimmt,» dachte sie, «dann haben meine Gedanken tatsächlich eine Art Macht. Eine reale, physikalische Präsenz.»

Lena notierte sich die wichtigsten Punkte aus dem Artikel:

1. Gedanken erzeugen elektromagnetische Wellen.
2. Diese Frequenzen variieren je nach Art des Denkens – von tiefer Entspannung bis hin zu intensiver Konzentration.
3. Die Wissenschaft beginnt erst zu verstehen, welche Auswirkungen diese energetischen Muster haben könnten, sowohl auf uns selbst als auch auf unsere Umwelt.

«Ich kann meine Gedanken beobachten», dachte sie. «Ich kann entscheiden, was ich festhalte und was ich loslasse.» Plötzlich erschien ihr der Eintrag aus ihrem Notizbuch in einem noch größeren Kontext. Gedanken, Worte, Taten – alles war Energie. Die Worte, die sie sprach, die Taten, die sie ausführte, das, was sie anderen gab, alles begann mit diesem ersten, scheinbar unsichtbaren Impuls. Sie erinnerte sich an einen kürzlich geschriebenen Eintrag über die Quantenphysik.
«Das erklärt so vieles», flüsterte Lena. Sie dachte an die Momente, in denen sie sich von einer schlechten Laune hatte anstecken lassen. Oder an die Kraft positiver Gedanken, die sie manchmal wie von Zauberhand aufgerichtet hatten.

In einem Moment der Klarheit fiel ihr ein Zitat ein und schrieb die Worte in das Notizbuch:

«Achte auf deine Gedanken, denn sie werden Worte.

Achte auf deine Worte, denn sie werden Taten.

Achte auf deine Taten, denn sie werden Gewohnheiten.

Achte auf deine Gewohnheiten, denn sie formen deinen Charakter.

Achte auf deinen Charakter, denn er bestimmt dein Schicksal.»

Lena las diese Worte wieder und wieder, als sähe sie sie zum ersten Mal. Sie waren wahr. Sie fühlte sich plötzlich viel bewusster, als ob eine Tür zu einem neuen Verständnis von sich selbst geöffnet wurde. «Das ist der Schlüssel», dachte sie. «In der Stille liegt die Kraft.» Sie hatte nie vorher erkannt, wie wichtig Stille für ihre Gedanken war. «In der Stille kann sich mein Geist ordnen, kann Klarheit entstehen.» Sie fühlte sich ruhig, fast zentriert, als sie daran dachte, wie sich ihr Geist in dieser Stille immer weiter auflöste. «Gedanken sind Energie», murmelte sie, als sie sich an ein weiteres Zitat erinnerte: Das innere Licht ist der wahre Kern des Menschen. Es ist Energie, die mit der Welt in Resonanz tritt und den Sinn des Lebens offenbart.

«Da muss die Seele gemeint sein», dachte sie. Ihre Gedanken flogen von einem Punkt zum nächsten, während sie sich fragte: «Ist es diese Energie, die das innere Licht zum Leuchten bringt? Ist das der wahre Sinn des Lebens?»

Lena dachte an ihren Vater, der oft gesagt hatte, dass Gedanken wie Wolken seien. «Stell dir vor, deine Gedanken sind wie Wolken. Sie kommen und gehen. Du musst nicht mit jeder Wolke mitziehen. Du kannst einfach zusehen, wie sie vorbeiziehen.»

«Gedanken beobachten», dachte sie. «Das ist der erste Schritt.» Ein leichtes Lächeln erschien auf ihren Lippen. Sie fühlte sich, als hätte sie wieder einen kleinen Sieg errungen.

Kapitel 13: Das Kanalisieren der eigenen Gedanken

Lena blätterte in ihrem Notizbuch, dessen Seiten bereits mit Gedanken und Erkenntnissen gefüllt waren, die sie in den letzten Tagen gesammelt hatte. Sie strich mit der Hand über die Worte, spürte die Energie, die von ihnen ausging, und fragte sich, wie sie all das in ihrem Alltag umsetzen könnte. Dachte an ihren Vater, Gedanken seien wie Wolken: Sie kämen und gingen, ohne dass man mit jeder Wolke mitziehen müsse. Doch was war, wenn es so viele Wolken gab, dass der Himmel völlig bedeckt war? Wie sortierte man das Chaos im Kopf? Sie blätterte weiter auf der Seite mit der Chaostheorie und der Erkenntnis, dass alles vom subatomaren Quantenteilchen bis in die Unendlichkeit der Galaxien miteinander verbunden ist. «Die Dimension dieses Wissens erdrückt mich fast» murmelt sie leise und findet die Notizen, dass der von ihr gerichtete Fokus die Realität bestimmt. «Genau» denkt sie erleichtert, «wir erschaffen die Wirklichkeit, indem wir sie betrachten.» Dabei fragte sie sich, wie es möglich ist, den eigenen Fokus so zu lenken, dass die Gedanken nicht unkontrolliert strömen und das unaufhörliche Plappern im Kopf kontrolliert werden kann. «Wie setze ich das alles um?» murmelte sie leise.

Die Einsicht, dass Gedanken Energie waren, hatte ihr eine völlig neue Perspektive eröffnet. Doch Einsicht allein genügte nicht. Es musste Wege geben, diese Energie zu lenken und ihre Gedanken zu einem Werkzeug zu machen – nicht zu einem unkontrollierbaren Sturm. Sie wollte Ordnung schaffen, klare Bahnen finden, durch die ihre Gedanken fließen konnten.

Lena griff nach ihrem Laptop. Vielleicht gab es Methoden oder Inspirationen, die ihr helfen konnten. Schon nach wenigen Minuten stieß sie auf den Begriff «Mindfulness». Achtsamkeit – das Leben im Hier und Jetzt zu erleben, ohne sich in den Strudeln der Vergangenheit oder der Sorgen um die Zukunft zu verlieren. Es klang vertraut, doch jetzt nahm sie es mit anderen Augen wahr.

Yoga erschien als eine der ersten Möglichkeiten. Sie erinnerte sich daran, wie sie früher regelmäßig ein kleines Studio in der Stadt besucht hatte. Damals hatte sie Yoga als eine Art Sport gesehen, als Ausgleich zur Arbeit. Doch die Beschreibungen, die sie las, zeigten eine tiefere Dimension: Yoga als Mittel, um den Geist zu beruhigen und die Gedanken zu sammeln. «Vielleicht sollte ich wieder damit anfangen», dachte Lena. Sanfte Bewegungen, begleitet von einem bewussten Atemrhythmus, könnten ihr helfen, Körper und Geist in Einklang zu bringen.

Weiter scrollend stieß sie auf geführte Meditationen. Manche klangen vielversprechend: Meditationen für Klarheit, innere Balance oder Stressbewältigung. «Das könnte ich abends machen, wenn die Kinder im Bett sind», überlegte sie. Die Vorstellung, sich von einer ruhigen Stimme in einen Zustand tiefer Entspannung führen zu lassen, hatte etwas Beruhigendes. Dabei las sie auch, dass Gruppenmeditationen besonders kraftvoll sein sollten, da die Energie in einer Gemeinschaft verstärkt werde.

Doch nicht alles, was sie fand, sprach sie an. Coaching-Angebote mit hohen Versprechungen und noch höheren Honoraren erschienen ihr nicht passend. «Nicht mein Weg», dachte Lena. Sie war überrascht, wie viele «Life-

Coaching-Angebote» im Netz verfügbar sind aber sie wollte keine fertigen Antworten, sondern ihren eigenen Pfad finden – einen, der sich natürlich anfühlte.

Dann stieß sie auf einen Blogbeitrag über die Kraft der Natur. «Lange Spaziergänge helfen, Gedanken zu sortieren», stand da. Das Bild von grünen Wiesen und raschelndem Laub erschien vor ihrem inneren Auge. Früher war sie oft durch den Wald gegangen, hatte den Duft von Moos eingeatmet und dabei unbewusst Klarheit gefunden. Warum hatte sie das so lange vernachlässigt?

Sie notierte in ihrem Tagebuch:
1. Täglich spazieren gehen. Gedanken in Bewegung bringen. Freiheit finden.

Der nächste Punkt in dem Blog ließ sie aufhorchen: Journaling – Gedanken zu Papier bringen, um sie zu ordnen und loszulassen. Es war wie eine Brücke zwischen dem Chaos im Kopf und der Klarheit, die sie suchte. Sie überlegte, ob sie es zur Gewohnheit machen sollte, jeden Morgen ein paar Minuten zu schreiben. Ohne Ziel, ohne Anspruch – einfach nur, um ihre Gedanken zu sortieren.

«Das kann ich auch mal probieren» dachte sie.
2. Journaling: Meine Gedanken zu Papier bringen, um sie zu ordnen.

Ein weiterer Abschnitt sprach von der Beobachtung der Natur. «Ein Vogel zwitschert einfach», las sie. «Er denkt nicht darüber nach, ob er müde ist oder ob sein Gesang gut genug klingt. Er ist einfach im Moment.» Die Worte blieben in Lenas Gedanken hängen. Wie oft hatte sie selbst gezweifelt, bewertet, geurteilt – über sich selbst und andere? Die Natur wuchs einfach. Mühelos. Ohne Widerstand. «Stimmt», dachte sie «Ich habe noch nie einen gestressten Vogel gesehen, weil er zwitschern oder genervt Körner picken muss, vielleicht ist das der Schlüssel», dachte Lena.

Sie schrieb weiter:
3. Natur beobachten: Mühelosigkeit als Vorbild nehmen.

Dann stieß sie auf einen Abschnitt, der die Bedeutung von Stille betonte. Mindestens dreimal täglich in absolute Ruhe eintauchen – für mindestens 20 Minuten. Die Worte erinnerten sie an die 3-6-9-Regel. Sie könnte morgens, nachmittags und abends je einen Moment der Stille einplanen. Das war realistisch.
Lena notierte:
4. Stille: Dreimal täglich 20 Minuten.

Ein weiterer Gedanke aus dem Artikel ließ sie innehalten: Geben und Schenken bereichert. Es ging nicht um große Gesten, sondern um die kleinen Dinge – ein Lächeln, ein Kompliment, ein wenig Zeit. «Das kostet nichts und gibt doch so viel», dachte sie.
5. Geben bereichert: Kleine Gesten zählen.

Dann las sie: Übernimm Verantwortung, aber gib sie nicht ab. Wie oft hatte sie Entscheidungen aufgeschoben oder anderen überlassen? Verantwortung bedeutete, das Leben bewusst zu gestalten und nicht nur darauf zu reagieren.

6. Verantwortung übernehmen: Bewusst gestalten.

Und schließlich: Loslassen. Es ging darum, alte Gedankenmuster oder Ärger freizugeben. Loslassen war kein Verlust, sondern eine Befreiung.

7. Loslassen: Was nicht dient, darf gehen.

Ein letzter Punkt fesselte sie: Totale Akzeptanz, die Fähigkeit, die Realität so anzunehmen, wie sie war, ohne Widerstand oder Verurteilung. Wir neigen dazu, Situationen oder Menschen ständig einzuordnen und zu beurteilen in gut oder schlecht, in richtig oder falsch. Das schafft eine innere Unruhe. Totale Akzeptanz - Es klang einfach, doch Lena spürte, wie tief diese Einsicht war.

8. Totale Akzeptanz: Realität ohne Widerstand sehen.

Lena blickte auf die Liste in ihrem Notizbuch. Sie fühlte sich wie ein Fahrplan an, der ihr helfen würde, ihre Gedanken zu lenken und ihr Potential zu entfalten. Es waren keine komplizierten Regeln, sondern einfache Prinzipien, die sie in kleinen Schritten umsetzen konnte. «Es geht nicht darum, perfekt zu sein», dachte sie. «Es geht darum, anzufangen.» Sie klappte den Laptop zu und stellte sich vor, wie sie diese Prinzipien in ihren Alltag einweben konnte – Schritt für Schritt. Und sie wusste: Das war erst der Anfang.

Kapitel 14: Perfekt unperfekt

Lena riss die Augen auf, als der Wecker zum dritten Mal klingelte. Ein flüchtiger Blick auf die Uhr zeigte ihr, dass sie wieder auf den letzten Drücker war. Der Raum war noch im Halbdunkel, und die ersten Sonnenstrahlen, die zaghaft durchs Fenster fielen, malten sanfte Streifen an die Wand. Der Geruch von kaltem Kaffee, der vom Wohnzimmer herüberwehte, mischte sich mit der kühlen Morgenluft. Doch diesmal blieb das beklemmende Gefühl aus, das sie früher in solchen Momenten immer begleitet hatte.

Sie setzte sich langsam auf, zog die Decke ein Stück beiseite und atmete tief ein. Früher wäre sie jetzt hektisch aufgesprungen, ihre Gedanken hätten wild zu rotieren begonnen: «Was mache ich zuerst? Was, wenn die Kinder nicht rechtzeitig fertig werden?» Doch an diesem Morgen blieb sie ruhig.

«Es ist immer noch nicht perfekt», dachte Lena, während sie den Wecker ausschaltete und aufstand. Aber es musste auch nicht perfekt sein. Sie hatte gelernt, dass kleine Momente der Gelassenheit oft viel bedeutender waren als ein ständiger Kampf, es allen recht zu machen – oder sich selbst.

Ein halbes Jahr war vergangen, seit sie begonnen hatte, die Erkenntnisse aus ihrer intensiven Reflexion in ihren Alltag zu integrieren. Es war kein linearer Prozess gewesen. Es gab Rückschläge, Tage, an denen die alte Hektik sie einholte, und Momente, in denen sie an sich zweifelte. Doch diese Momente waren seltener geworden. Und was noch wichtiger war: Sie hielt inne, statt sich hineinziehen zu lassen.

Im Badezimmer hörte sie ihre Tochter fröhlich ein Lied summen, während sie sich für die Schule fertig machte. Lena musste lächeln. Noch vor wenigen Monaten hätte sie diesen Moment nicht wahrgenommen, geschweige denn genossen. Sie wäre zu beschäftigt gewesen, mit ihrem eigenen Stress oder mit der nächsten Aufgabe auf ihrer imaginären Aufgabenliste. Doch jetzt fühlte sie Dankbarkeit.

Diese Gelassenheit, dachte sie, hatte sie auch Anna und Michael zu verdanken. Ihre ursprüngliche Idee eines Buches über das Paar war längst zu einer Metapher für ihre eigene Entwicklung geworden. Michael, mit seiner klaren Struktur und seinem Fokus, hatte sie inspiriert, Verantwortung zu übernehmen und ihre Gedanken bewusst zu lenken. Anna hingegen, mit ihrer herzlichen Spontaneität, erinnerte Lena daran, dass das Leben nicht immer nach Plan verlaufen musste. «Vielleicht hatte ich Anna und Michael damals erfunden, um mir selbst den Weg zu weisen, dachte Lena. Vielleicht waren sie immer Teile von mir – eine Balance zwischen Struktur und Leichtigkeit, zwischen Kontrolle und Vertrauen.»

Sie griff nach ihrem Tagebuch, das auf dem Küchentisch lag. Es war eine der Routinen, die sie sich angewöhnt hatte. Jeden Morgen schrieb sie ein paar Zeilen, nicht mehr als Gedankenfetzen. Manchmal war es eine Beobachtung aus der Natur, manchmal ein Dankbarkeitsmoment oder ein kurzer Plan für den Tag. Heute schrieb sie:

«Es ist nicht perfekt, aber es ist mein Weg. Und das reicht.»

Später, während sie den Frühstückstisch abräumte, dachte sie an eine Situation von letzter Woche. Der kleine Unfall im Flur – ein umgekipptes Glas Orangensaft, mitten in der Morgenhektik. Früher hätte sie genervt reagiert, mit einer Mischung aus Eile und Ärger. Doch stattdessen hatte sie einfach tief eingeatmet, den Lappen geholt und das Missgeschick gemeinsam mit den Kindern beseitigt. «Ja, die 15-Sekunden-Regel hat sich wirklich bewährt» und sie erinnerte sich, dass dies eigentlich sehr schnell und mühelos in ihren Alltag integriert werden konnte. Ihre Tochter hatte sogar gesagt: «Mama, du bist irgendwie viel entspannter geworden.»

Lena musste lächeln, als sie daran zurückdachte. Es waren diese kleinen Siege, die ihr zeigten, dass sich die Veränderungen lohnten.
Während des Spaziergangs an diesem Nachmittag – ein Ritual, das sie konsequent beibehielt – fiel ihr ein, dass sie ihre alte Buchidee über Anna und Michael eigentlich wieder aufgreifen könnte. Doch diesmal nicht, um eine erfundene Geschichte zu erzählen, sondern um ihre eigene Reise zu reflektieren.

«Anna und Michael haben mir geholfen, reifer zu werden», dachte sie. Sie waren wie zwei Teile ihrer selbst, die sie in Balance bringen musste. Anna hatte sie gelehrt, loszulassen, das Leben mit all seinen Unwägbarkeiten anzunehmen. Michael hatte sie erinnert, Verantwortung zu übernehmen und bewusste Entscheidungen zu treffen.

Sie blieb stehen und betrachtete die kahlen Äste der Bäume, die sich sanft im Wind bogen. Selbst in ihrer scheinbaren Kargheit strahlten sie eine friedliche Stärke aus. Es war ein weiterer Moment, in dem sie die Leichtigkeit der Natur spürte. Das Wasser fließt einfach, ohne darüber nachzudenken, wohin es will. Die Blätter der Bäume kommen im Frühling und fallen im Herbst, ohne zu klagen. Der Schnee sinkt leise zur Erde, ohne sich zu beschweren, dass der Boden vielleicht nicht kalt genug sei. Ein Baum wächst still und unverzagt, indem er das entfaltet, was bereits in ihm steckt. Seine Äste strecken sich aus, und die Früchte reifen – ohne Eile, ohne Zweifel. Alles, was man zum Wachsen braucht, liegt bereits in einem selbst verborgen.

«Vielleicht ist das die nächste Etappe», dachte sie. «Anna und Michael nicht mehr nur als Figuren zu sehen, sondern als Werkzeuge, um anderen zu zeigen, wie sie Balance finden können.»

Sie zog ihr Notizbuch aus der Tasche und schrieb: «Die Geschichte von Anna und Michael ist nicht zu Ende. Sie lebt weiter – in mir und vielleicht auch in anderen.» An diesem Abend, als die Kinder schliefen und das Haus in Ruhe lag, setzte sich Lena mit einer Tasse Tee an ihren Laptop. Sie öffnete ein neues Dokument.

Die Überschrift schrieb sich fast von selbst: «Anna und Michael – eine Geschichte über Balance und das bewusste Leben.»

Sie wusste, dass sie noch nicht alles verstanden hatte. Aber sie hatte etwas Wertvolles gelernt: Der Weg musste nicht perfekt sein, um wertvoll zu sein. Es war genug, ihn zu gehen – Schritt für Schritt, mit einem offenen Herzen.

Lena lehnte sich zurück, blickte aus dem Fenster in die stille Nacht und fühlte sich zum ersten Mal seit langem wirklich angekommen.